愛知怪談

島田尚幸
赤井千晴
岩里藁人
内浦有美
加上鈴子
御於紗馬

竹書房
怪談
文庫

※本書は体験者および関係者に実際に取材した内容をもとに書き綴られた怪談集です。体験者の記憶と主観のもとに再現されたものであり、掲載するすべてを事実と認定するものではございません。あらかじめご了承ください。

※本書に登場する人物名は、様々な事情を考慮してすべて仮名にしてあります。また、作中に登場する体験者の記憶と体験当時の世相を鑑み、極力当時の様相を再現するよう心がけています。今日の見地においては若干耳慣れない言葉・表記が記載される場合がございますが、これらは差別・侮蔑を助長する意図に基づくものではございません。

はじめに

島田尚幸

今回、竹書房さんから出版の話を頂いた際の、最初の感情は「嬉しい」であった。

元々この「都道府県のご当地怪談」は大好きなシリーズであった。地域と怪談の結びつきは本当に楽しいし、書き手の色もそれぞれ違う。

見える風景が一冊一冊違うのだ。

それどころか「愛知はいつ入るのだろう」と首を長くして待っていた。

そのため、驚くと同時にシリーズに携《たずさ》われることを、とても光栄に思った。

それとともに、「さて、どうするか」という迷いも湧き上がった。

何せ自分が主として扱っているのは「妖怪」だ。

怪談本を編むに当たって「妖怪譚」が中心となるのはいかがなものであろうか、と。

本当のことを言えば、それでも構わない、という意見があることも知っている。辞書で「怪談」と引くと、「化け物が出てくる話」「幽霊や化け物などの出てくる気味の悪い話」

「化け物や幽霊などが出てくる不気味で怖い物語」などと書かれていることが多い。「化け物」と「妖怪」の関係性を話し出すと、恐らく紙面が幾らあっても足りなくなるのは目に見えているのでここでは割愛するが、「幽霊や化け物」と並んで書かれる場合の「化け物」は、必然的に「幽霊以外のおばけ」さんたちということになる。すなわち「魑魅魍魎狐狸《ちみもうりょうこり》妖怪」をひっくるめた言葉として書かれていると考えるのが、一般的な文脈における妥当な解釈ではないかと思っている。

話が長くなってしまったが、要するに、「辞書的には妖怪の話を載せても問題ない」ということが言いたかったのだ。

しかし、何だか、そぐわない。

いや、厳密には先にも述べた通り、そぐわない訳ではない。が、怪談本と思って手に取ったのはいいけれど、妖怪の話しか出てこないとなると、それはまずいのではないだろうか、「コレじゃない感」で一杯になるのではないだろうか、と思ったのだ。

しかも、僕自身は、妖怪を「文化」の一つとして扱っている。

妖怪話はもちろん好きだ。好きどころか、大好きと言っても過言ではない。

それでも、「怪談」として扱われると、少し気後れする部分があるのだ。

というのも、怪談に求められるのは「怖さ」である。

怖くないのだ、妖怪譚は。むしろ、滑稽であったりする。

怖さを表現することも、自分にとってはとても苦手だ。

怖さとは何かを、未だに掴みかねていると言ったほうが良いのかもしれない。

見ているもの「が」怖い、ということもあるだろう。

しかし、見ているもの「を」怖いと思い、見ている「から」怖くなり、見ている「けれども」怖いということもあるだろう。

要するに、「何でもあり」なのだ。

人により、「怖い」という感情のスイッチの位置も、大きさも、感度も異なる。

病院が怖い、学校が怖い、墓場が怖いという環境が怖いという人もいれば、因習因縁が怖い、習俗風俗が怖いという人もいる。得体の知れないものが襲ってくるのが怖いというのもある。「後からじわじわとくるのが怖い」という、効果の現れ方に起因する場合もある。

やはり「何でもあり」なのだ。

怪談は、とても官能的なものである。

個人の体験や感覚に大きく依拠する。

だからこそ、ハードルはとても高い。

中途半端な文章で挑むべきではない、と身構えてしまう。

そのため、とても悩んだ。ただ、怪談の場合、間口はとても広い。

今風に言えば、多様性に富んだジャンルである。

ならば、旧知の仲間たちとともに作ったら面白いものが作れるのではないか。

そう考え、声を掛けた。それが、この本を作る上での第一歩であった。


さて、改めて「愛知」というと何を思い浮かべるだろう。

工業や産業と答える人もいれば、野球やサッカー、或いはフィギュアスケートなどのプロスポーツを想像する人もいるだろう。

歴史などと絡めてイメージする人もいるかもしれないし、東京や大阪などと比べて今ひとつパッとしないという人もいると思う。

中には、「名古屋飯」と呼ばれる独特な食文化を思い浮かべる人もいるのではないだろうか。味噌カツ、味噌煮込みうどん、小倉トースト……いずれも味付けというか、キャラ立ちした濃いものばかりである。喫茶店に行けば、「モーニングセット」が付いてくる。

飲み物を注文すると、トーストと茹で卵が付いてくるのは当たり前。店によっては、サラダやウインナー、ヨーグルトが付いてきたりする。更には、おにぎりと茶碗蒸しとともに、熱いほうじ茶が付けられて、更に乳性飲料が添えられる、なんて店もある。テーブルの上に、冷水、コーヒー、お茶、乳性飲料と飲み物が並ぶ光景は、最早何だか分からない。

だが、これが正に、愛知の文化なのだ、と思う。

愛知県民は、ケチと言われることがある。節約家と言えば、聞こえはいいが、必要以外のところにお金を注ぐことは余りよしとしない。しかし、使うべきところでは惜しげもなく使うし、地味に、サービス精神が豊富である（ただし、偏りがある）。

続々と集まりくる『愛知怪談』を読みながら、「まるでモーニングセットのようだ」と思っていた。それぞれの書き手がそれぞれの「好き」を惜しげもなく振るう。若干濃いかもしれない。人を選ぶかもしれない。なんでも味噌をつけたがるように、個性的な味付けもみられるだろう。

でも、それも一つの愛知の持ち味。

とくと御賞味いただければ、幸いである。

愛知県地図

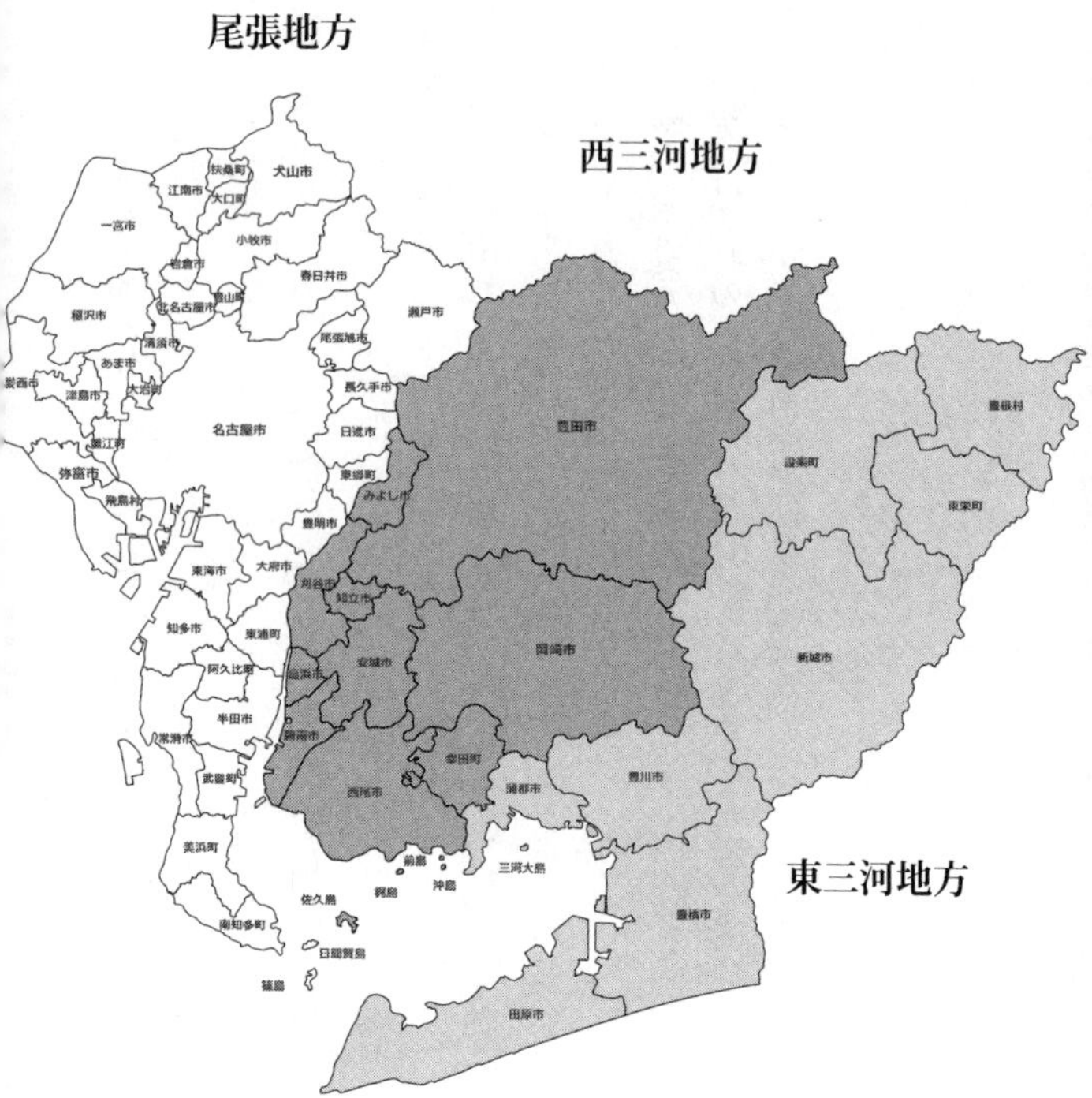
尾張地方
西三河地方
東三河地方
犬山市
扶桑町
江南市
大口町
一宮市
小牧市
岩倉市
春日井市
稲沢市
北名古屋市
豊山町
瀬戸市
清須市
尾張旭市
あま市
愛西市
津島市
大治町
長久手市
名古屋市
日進市
蟹江町
弥富市
東郷町
飛島村
みよし市
豊明市
東海市
大府市
刈谷市
知立市
知多市
東浦町
阿久比町
高浜市
安城市
半田市
碧南市
常滑市
武豊町
西尾市
幸田町
美浜町
前島
沖島
梶島
佐久島
南知多町
日間賀島
篠島
豊田市
豊根村
設楽町
東栄町
岡崎市
新城市
豊川市
蒲郡市
三河大島
豊橋市
田原市

【名古屋市地図拡大】

愛知県は、日本の中部地方（東海地方）に位置する県。
県庁所在地は名古屋市。
県内は大きく、名古屋市を中心とした県西部の尾張地方、県中東部の三河地方に分けられ、三河地方は更に豊田市や岡崎市を中心とした西三河地方、豊橋市を中心とした東三河地方に分けられる。

目次

名古屋の怪 その一

江戸の愛知怪談

名古屋の怪　その二

尾張の怪

愛知県某所の怪

三河の怪

峠（豊橋市）

内浦有美

本坂峠に来たら、「対向車を見てはいけない」「歩いている人や壁面を見てはいけない」「車に知らない人を乗せてはいけない」。地元の小学校に通う年頃ともなれば、ほとんどの子供が誰からともなくそんな噂話を聞いた。本坂峠にまつわる怖い話は幾つもあったが、特に子供たちの間で流行ったのは深夜に現れる『口裂け女』の話で、「峠道に立っているマスクをした女を車に乗せると、マスクを外して耳まで裂けた口を見せニヤリと笑う」というもの。出所は分からないのだがインパクトは絶大で、長い間愛され、いや、語り継がれてきた。地元の人々の間では『トイレの花子さん』よりも断然、知名度があった。

愛知県豊橋市は東接する静岡県の三ヶ日町や湖西市との間に、南北に続く弓張《ゆみはり》山地を有している。市の最東北に位置し県境をまたぐ「本坂峠」には、界隈で有名な「旧本坂トンネル」がある。昔から現在に至るまで、テレビの心霊番組やウェブチャンネルのロケ隊が度々訪れ、雑誌やサイトにも記事が上がる。土日の深夜ともなると未だに、近隣から度胸試しの若者たちが車で乗りつけては悲鳴や嬌声を上げながら去っていくような、誰もが知る地元の有名スポットの一つとなっている。

「本坂峠」には、旧と新の二つのトンネルがある。現在「本坂トンネル」として一般に使われているものは、国道三六二号のバイパス上にある新トンネルを指す。昭和五十三年に開通、片側一車線の対面通行型で内部は比較的広く明るい。全長は二キロほどだ。

一方の「旧本坂トンネル」は、新トンネルの入り口手前にある駐車場脇から細い峠道に入って三．五キロほど行った場所にある。今や地元の人間でも通らないような曲がりくねった細く暗い山道は、しかし、江戸の頃には「本坂通」と呼ばれ東海道の脇街道として宿も置かれた道だ。道沿いにある嵩山《すせ》の蛇穴《じゃあな》や浅間《せんげん》神社を通り抜け、更に数々のU字を描きながら峠を登ると、旧トンネルの入り口が見えてくる。

旧トンネルは大正四年に開通、全長二百メートルほどと短い。幾つかの追加工事は行われたものの、築百年以上経った今もほぼ当時の形を保っている。その入り口から真ん中までは落書きだらけのコンクリ造だが、愛知と静岡の県境にある『縣界《けんかい》』の文字が大きく記されたレトロなレンガ看板から先は、大正の残り香が濃く漂う赤茶のレンガ積の工法がそのまま残る。驚くことに、現在も一般車が通行できる現役のトンネルだ。

とはいえ、入り口やトンネル内に灯りはなく、ぽっかりと開いた口の闇が深い。入り口正面、トンネルのアーチ部分の周りに苔むした石積が、より不気味さを醸し出す。幅は一般車がすれ違うことが難しいほどの広さしかなく、更には両端に側溝があるため、迂闊《うかつ》に端に寄ることもできない。

＊

Aは、親に車に乗せられて本坂峠のトンネルを抜けて静岡方面へ行かなければならないとき、また豊橋に帰ってくるとき、いつも入り口から出口までギュッと目を閉じていた。

トンネル内ですれ違う対向車の運転席に座っている人間には、首がない――。

誰から聞いたのか、もう今となっては思い出せない。けれど、何度も聞くうちにそれが呪縛のようになって、トンネルに向かうたびに自分を固まらせる。

今回だってそうだ、行き先が静岡方面と聞いて自分が行くのを渋るのに父が無理矢理車に乗せて……。口に出さずとも不機嫌さは顔に出る。車内の無言の時間は続き、Aの緊張は本坂峠に近付くにつれて高まっていった。

トンネルの入り口に入った瞬間から、Aは車の後部座席で目の周りが白くなるほど強く目を閉じた。食いしばった奥歯のせいで、耳の奥や首筋がキーンとする。痛い、限界だ、と思った瞬間、

「あれ、珍しい、対向車だ」

父の声がした。

(えっ?)

気が緩んだ一瞬、目をうっすら開けてしまった。対向車の強いライトで目が眩《くら》んで、視界が真っ白になる。

――あっ。

父から溢《こぼ》れた一言。

何が起こったのか。Aは目を凝らしたが、対向車が通り過ぎた後の闇しか見えない。

父は何事もなかったように運転を続けた。その後も目的地に着くまで、父は一言も話す

ことはなかった。Aから父に、その一言が何だったのかを聞くこともなかった。
父もまた、豊橋で生まれ育った人間だった。

＊　＊

本坂峠近辺で知らない人間を車に乗せてはいけない。マスクを外したら、それは口裂け女だから――。

タクシーの運転手をしているBの小学校時代にも、その話は誰もが知るものだった。大人になった今となっては、何故あんなにも「口裂け女」が怖かったのか滑稽にも思えるのだが、当時は「暗い峠道で知らない人間を車に乗せる」というシチュエーションもさることながら、「異形のインパクト」と「裂けた口で喰われるかもしれないという恐怖」に、皆本気で怯えていた。

ある夜、Bは静岡方面への長距離の客を乗せた帰りに、本坂峠を通って戻ることになった。車内で一人苦笑しながら、みんなで怖がっていた日々を懐かしく思い出す。

(自分がタクシー運転手になるとは、夢にも思っていなかったが……)

ちょうど峠に差し掛かる頃、道路脇のバス停で待っているマスクをした女がいた。「こんな時間にもうバスは来ない」と声を掛けようか迷っていたら、女がスッと手を挙げた。タクシーを寄せ、ドアを開ける。乗り込む女に、

「お客さん、どちらまで」

声を掛けたが、返事がない。

(どのみち峠を降りるまで一本道だ。落ち着いたら行き先を言ってくるだろう)

車を走らせ始め、峠の半ばに差し掛かったとき、女が身を乗り出すようにしてグッとルームミラーに近付いてきた。Bが思わずミラーを見ると、それまで能面のようだった女の目元が笑っている。女はおもむろにマスクを外すと、その下から耳まで裂けた口が現れた。

「ぎゃぁぁぁー」

Bは叫び、急ブレーキを掛けた。再びミラーを見ると、後部座席に女の姿はなかった。

＊　＊　＊

今回の執筆に当たり、本坂峠の麓に住むCさんに連絡を取った。筆者が聞いた話の中には随分昔のものもあるし、記憶が曖昧な点もある。「こういう内容で原稿を書こうと思うが、地元民として違和感はないか」と聞きたかったからだ。

Cさんはこれまでの自身の記憶を呼び起こし、それらと照らし合わせるかのように、丁寧に相槌を打ちながら聞いてくれた。「この辺りに住んでいると本坂峠にまつわる話は色々聞く、そういう話があったとしても違和感はない」というような答えを返してくれた後で、「私は昔から全くそういうものを見たり聞いたりということがない者なのだけれど」と続いた。

「少し前に旧本坂トンネルの手前でちょっと不思議というか、ぞっとする体験をして……」

Cさんはプロの演奏家だ。単独でもバンドでも、ライブ活動を積極的に行っている。

Cさんは普段から峠道を散歩することがあるそうだが、いつもは遠くまで行っても、家から二キロほど離れた道途中にある神社辺りで折り返して帰る。のだが、その日は何故か「もう少し先まで行ってみよう」という気になったらしい。前日に行ったライブの演奏を録音したものをスマホに入れてあり、イヤホンで聴きながら散歩をしていたからそうした気になったのかもしれない。気付いたら神社から更に二キロほど峠を登った旧本坂トンネルの入り口近くまで来てしまった。

（……あれ、集中しすぎちゃったかな）

旧本坂トンネルにまつわる様々な話が、一瞬であれ、頭を過《よ》ぎる。茂る木々で道が薄暗いのも少々気になった。いや、気のせいか——。と、そのとき、イヤホンから流れてくる曲目が『通りゃんせ』に変わった。

〈通りゃんせ　通りゃんせ　ここはどこの細通じゃ　天神さまの細道じゃ
ちっと通して下しゃんせ　御用のないもの通しゃせぬ
この子の七つのお祝いに　お札を納めに参ります
行きはよいよい　帰りはこわい　こわいながらも通りゃんせ　通りゃんせ〉

ライブで演奏した曲順通りでその曲が流れてきたとはいえ、何だか気味が悪くなった。Cさんはその場で回れ右をし、来た道を引き返し始めた。

しかし、歩き出すと幾らもしないうちに、突然、『通りゃんせ』の曲の途中で演奏音が止まった。

（――スマホはズボンのポケットに入ったまま、手を触れていないのに……）

勝手に操作がされてしまったのかとも思ったが、こんなことは常あることではない。普段はそういうことを感じないと公言するCさんも、さすがにこれは、と思った。振り返ることはせず、来た道を足早に戻った。

未だに、怖いもの見たさや肝試しで本坂峠を訪れる者は後を絶たない。しかし、地元の人は皆一様に、「やめたほうがいい」と言う――。

旧本坂トンネル

ごひんさま（東三河）

内浦有美

ごひんさまは豊橋から渥美半島にかけて三河湾沿岸部に出没する「火の玉」で、それが妖怪、神様に変化したものと伝わる。日本各地にごひんさまの伝承は残されているが、東三河に伝わるごひんさまは、ちょっと変わった特徴を持つ。

ごひんさまは、臭いものが苦手。ごひんさまから身を守りたいときには、臭いものを身に纏う、もしくは頭に乗せるとよい——。

ごひんさまが出ると、大漁になる。しかし、船一杯に揚がった魚が岸に着いたら全て泥に変わっていた。ごひんさまが出ると、災害がやってくる。海から来る災いを知らせてくれる神様だ——。

有り難い存在なのか、そうでないのか。いずれにしても、地元の人々からすれば、「できれば出遭いたくない存在」というニュアンスが語り継ぎの全体から伝わってくる。火の玉という怖さもあるのであろう、とにかく「出遭ったら去っていってもらえ」という教えが、「臭いものを身に寄せよ」という行動訓に繋がっているようだ。

ごひんさまを目にするのは、海の上、船乗りだけとは限らない。沿岸に出てきたそれを遠目に見るということもあったのであろう。昔の人は手元にあるありとあらゆる臭いものを——自分の履いていたわらじや、ふんどし、道端に転がっている便でさえも——頭に乗せ、去っていってくれることをひたすらに願ったらしい。

東三河のある地域では、ごひんさまは「狗賓様《ぐひんさま》」とも呼ばれる。「狗《いぬ》」は卑《いや》しいものの例えに用いられることが多い一方で、「賓」は「来賓、賓客」など大切な客人を迎えるときに使われる字を当てる。昔から人々は、ごひんさまを「怪」とも「神」とも捉え、畏敬の念を持って崇めてきたことがその呼称からも伝わる。

ごひんさまが出没する豊橋市から田原市に掛けての三河湾沿岸は、その昔は伊勢方面からの海路、商港の拠点として栄えた。また、太平洋から湾内へ上がってくる魚が豊富に採れる漁村、漁港が並ぶ地域としても名が知られていた。戦後、埋め立て整備が進んで国内外の大型船が出入りする人工港となり、世界的な自動車の輸出入港として名を馳せるまでになった。

地元のお祭りに、筆者が子供向けの民話の語りで参加していたときのことだ。

祭事出店のときはいつも、ごひんさまをはじめとしたこの地方を代表する話を大判パネルにしたものを展示するようにしている。興味を持ってもらうため、広く知ってもらうためにと並べているのだが、一方で、それを見た人々からその地域に伝わる独自の話や個人の体験談を聞く機会に恵まれることもある。

このときも幾つかのパネルを展示していたら、祖父と孫と見られる二人が遠くから興奮気味に、大きな声で話しながらこちらにやってきた。小学校に上がったくらいの孫が驚いた様子で、片手でごひんさまの絵を指さしながら、

「おじいちゃん、本当に『ごひんさま』っていたんだね！」

「だから言っただろ、『ごひんさま』は本当におるって」

「うん、驚いた。これからは僕、ちゃんと○○するよ」

二人のやりとりを聞いていた筆者に、祖父と見られる男性が話しかけてきた。

「こんなところでごひんさまの話に出会えるなんて嬉しいね。うちでね、子供たちが悪いことをすると、わしが『ごひんさまがでるぞ』って怒るの。そうすると怖がって、『もうしません』って。ごひんさま、効き目があるぞん。わしも小さい頃はそうやって怒られたし、実際、昔は沿岸で、夜に小さい火の玉を見たりもしたでのん」

祖父はニヤリとしながら、孫は神妙な顔で、こちらを見て頷《うなず》いた。令和の時代になった今も、ごひんさまが祖父から孫に語られ、教育的役割を果たしていることに筆者は少なからず驚いた。語り継がれる意味や価値を、日常の一コマの中に見た気がして嬉しくなった。

それから少しすると、今度は高年の女性が友人仲間と一緒にやってきた。

「あら、ごひんさまね。私の地域にも伝わっている話があってね。臭いもののことは私はよく知らないのだけれど、私のところでは昔から、『ごひんさまが屋根に宿った家は子宝を授かる』って言われていたのよ。私もごひんさまが何軒かの屋根の上をポーンッポーンッとボールが跳ねるように渡っていって、ある家の中に消えていったのを見たことがあるわ」

その女性は上品な優しい笑顔で、穏やかにそう教えてくれた。

うつろ舟（東三河）

内浦有美

東三河のある神社に、「うつろ舟」にまつわる話が伝わっている。

今から千三百年以上前、うつろ舟が三河湾の湾岸からある川の河口辺りに掛けて漂流した。「うつろ舟」とは、身分の貴い者が島流しにされる際に乗せられた舟、「虚ろ舟」のこと。トタン板のようなもので舟の四方を塞ぎ、その者たちを閉じ込めて海に放ったという。何処からか舟は流されこの湾に辿り着いたが、その最後に舟が転覆する。湾に棲んでいたふぐがそれを見ていて、転覆した舟を自分の背に乗せて近くの神社の森まで運んだ――、というもの。うつろ舟の中にいた貴い者たちはそこで更に悲しい末期を迎えるのだが、それはまた別の話。

「うつろ舟」は「うつぼ舟」とも呼ばれ、全国各地の伝承に登場する。「神の乗り物」「神のたま（魂）が人の形になるまで入れ置かれていた器」などの伝えがある中で、「異国人が乗っていた」「空飛ぶ円盤（ＵＦＯ）だった」などの説もある。また、形状は単なる「箱舟」とされていることが多いが、中には「丼ぶりを二つ重ねたような形」や「鉄製だった」という記述もある。

東三河に住むYは、小学校四年生のときに自宅の屋上で飛行船のような乗り物を見た。

湾に面した東三河では、夏に数多くの花火大会が開催される。Yの住む市でも盛大な花火大会が毎年催され、近隣からも大勢の見物客が訪れる。Yの家は打ち上げ会場の河川敷近くの鉄筋の三階建てで、最上階の上には広さが百平米近くある屋上がある。花火を楽しむには絶好の観覧席であり、特別なその日は毎年家族で——時には親族や友人家族も招いて——一緒に花火を見ることが恒例となっていた。ござを敷き、机や椅子を並べて、作ったり持ち寄ったりした料理や飲み物を楽しみながらわいわい鑑賞する。

花火大会は夜の九時前にはフィナーレを迎える。片付けは集まったみんなで手早く済ませるのが慣例だが、その年はYの家族だけで行うことになった。Yは母の言いつけに従い、椅子と敷物を取り込むため一人屋上に残った。

会場から歩いて帰る人々の喧騒や車のライトで、下は普段よりも明るく賑やかだ。屋上にもその明るさは届いていて、Yは電灯を点けずに片付けを進めていた。椅子と敷物を畳

もうと下を向いていたが、何かの気配を感じてふと上を見上げると、

（えっ？）

頭上を巨大な豪華客船が飛行していた。その高さは頭のすぐ上、ボールでも投げれば届くくらいの距離にある。大きさはYの家が建つ区画の一つをまるっと覆う程。絢爛豪華《けんらんごうか》、闇夜に輝くそれは円盤形で、下の半球一面が幾つもの大きな覗き窓のようなもので覆われていた。その窓一つ一つから色とりどりの眩《まばゆ》い光が発せられていて、まるでスター・ウォーズに登場する伝説の宇宙船のようだ。

（いろんな色が光っていてキレイ、宝石みたい。お金持ちたちが飛行客船を飛ばして、花火大会を空中で楽しんでいるのかな……）

頭上でそれは、静止しているようにも、ゆっくり進んでいるようにも見えた。その眩い彩豊かな輝きだけが、視界を占拠する。時間にして数秒だったか、数分だったか。Yは「綺麗だからお母さんにも教えよう」と屋上扉に視線を移しそこに向かって一歩を踏み出し、止まった。やっぱり、もう一度見てから。再び頭上を見上げたら、そこにはもう、豪華客船は跡形もなかった。暗闇しかない空を見上げながら、Yは一人ポカンとする——。

　それから二十年が経ち、Yが大人になったあるときのこと。Yは友人と二人、自分の車で渥美半島に向かう三河湾沿いの見晴らしのいい一本道を走っていた。空の真上には既に闇が、そこから地平に向かって藍、紫、桃、橙《だいだい》と美しいグラデーションが広がる。

　運転していたYも助手席に座っていた友人も美しい景色に見惚れていた、そのとき。空の高い位置、ちょうどフロントガラスの真ん中上辺りに、緑に輝く球体のようなものが現れた。緑の発光が余りにも強く、Yは運転中にも拘《かかわ》らずそれに目を奪われる。走っているのは片側二車線の広い道路で、路肩には駐停車禁止の標識がある。停車してそれをじっくり見ることもできないから、Yは限りなく速度を落とした。後走の車がいたら怒られるかなと思いバックミラーを一瞬見ると、周囲に走行している車がほとんどない中で白色の車が一台、自分の後ろを付けるように走っている。少々気にはなったが、緑の球体に気を取られていてそれを不審に思い続ける余裕もない。「どうせ追い抜くだろう」くらいに思って減速したまましばらく走ったが、白い車に追い越す気配はない。

　緑色の光体を再び見る。その球体は何かが変だ、とYはすぐに気が付いた。右方向に流れているのだが、角度はほぼ水平、若干曲線を描いて落ちていっているようにも見えるが、その角度は数度程度だ。横にゆっくり飛行する、という言葉のほうがしっくりくる。加えて、その発光の仕方も妙だ。まるで緑色のベタ塗りのボールが光っているかのように、白や黄の発光色よりも緑のベタ色のほうが強く見えるのだ。そしてその輝きは一定のまま、揺らぎがない。

Yはさすがにこれはと思い、助手席の友人に声を掛けた。「あれ、見えるよね」「えっ、何？」「ほら、そこ右上の」「え、どこ？」。やりとりしているうちに、緑色の球体はフロントガラスの右隅から見えなくなってしまった。一本道の角度が変わったせいもあり、もう空に緑の球体は見えない。「あったでしょ、緑色で大きく、強く光っていた球体！」「えっ、眠くてぼうっとしてて、見てなかった」「本当に、あんなにはっきり光っていたのに」「見てない、全然」……。

Yは興奮冷めやらぬ自身——友人と共有できぬ憤怒も含め——を落ち着けるため、一本道が分かれる角にあるコンビニに車を停めた。すると、駐車したYの車のすぐ右隣に、後方を付けるように走っていた白色の車が停まった。運転席から男が降り、まっすぐにYの車の運転席に向かって歩いてくる。何事かと身を固くするYと友人の二人。その男が運転席の窓ガラスを遠慮がちに叩いた。

「急にすみません。自分、さっき一本道でこちらの車の後ろを走っていた者です。駐車場に入られたんで、どうしてもさっきのことをお聞きしたくて隣に車を停めてしまったんです」

さっきのこと。窓ガラス越しにでも分かる男の隠し切れない興奮は、正にYが持つそれと同じものだった。Yは思わず運転席のドアを開けた。

「見ましたか、緑色の球体？」

「はい、やっぱり。見たんですね。助手席にいた相方は『見ていなかったから』って言って、全然信じてくれなくて」

そう言いながら男は自分の車の助手席のドアを開けた。そこには、「どうもぉ」と笑顔で会釈する女と、膝に乗って頭を撫でられている飼い犬がいた。女は笑いながら、

「この人、『あれはおかしい』ってすごい剣幕で。私は見てなかったし、取り合わないものだから、『前の車の運転手は絶対に見ていたはずだ』って言って。本当にすみません」

同じ状況だったから、その言葉を聞いてより男に親近感が湧いた。Yが男に、

「火球、なんでしょうか」

言外に「そうは思えない」というニュアンスを乗せて聞くと、男はそれに答える形で、

「自分も火球を見たことがある訳じゃないけど、あの速度といい、角度といい、光り方といい、火球にしては変だって。火球というよりもっと……」

Yも思わず頷いた。そう、火球は東三河でもよく目撃されている。ニュースになることも多いし、その映像を目にしたこともある。けれどこれは――。

助手席に乗っていたそれぞれの相手は終始苦笑していたが、男もYもひとしきり話すと互いに気が済み、謝辞を述べてその場で別れた。

あれは一体何だったんだろう。Yは翌日のニュースやその他の目撃談も気にしてみたが、一向に似たような話を聞かなかった。それはもやもやしたまま今も、小学校の頃に見た豪華飛行客船の記憶とともに、胸の内にしまわれている。

三河湾には昔から、対極にある伊勢の方向から様々なもの――時にそれは神様であったり、禍々しいものであったり――が、風や波に乗って運ばれてくると言われる。南に目を向ければ太平洋が広がっており、そこもそこで同様だ。

ここは昔、「うつろ舟」が漂着した土地、「うつろ舟」が空に浮かんでいた土地――。みなさんも東三河に来たときには、ふと思いを馳せて、空や海岸を眺めてみてはどうだろう。望むと望まざるとに拘らず、思いも寄らぬものに出遭うかもしれない。

ゲートルを巻いた兵の霊（豊橋市）

内浦有美

建物と建物の間を、ゆっくりと人影が通る。周りは暗闇の中、そこだけぼぉっと仄明《ほの》るい。人影はよく見れば、足を引きずるようにぎこちなく歩いている。

人だと思ったから、何の躊躇もなく目を凝らして見た。

その人影には、片方の足の膝から下がなかった。立っているもう片方の足には包帯のようなものが――脛を覆うようにして膝から足首までぐるぐると――巻かれていた。そこだけ仄明るく光って見えたから、遠目にもその人影が全身茶色い服を着ていることが分かった。上着はカッチリとした詰め襟で、つばの付いた高さのある帽子を深く被っている。建物から建物へ、一本の足を引きずるようにして歩く。

（兵の霊だ――）

そう思った瞬間頭が真っ白になったが、叫ぶ間もなく、人影は隣の建物の壁に吸い込まれるように消えていった。

『軍都豊橋』と呼ばれていた時代がある。

始まりは明治十七年。明治政府により近代的な軍隊の整備が進められる中、名古屋で新設された歩兵第十八連隊の兵員千数百人を収容するための兵舎建設が、吉田城址（現・豊橋公園）で始まった。同十八年に兵舎の大半ができあがり、二十年までに移転が完了した。

日清、日露戦争後の明治三十九年、政府は更なる陸軍の増強を進め、全国で四個師団を増設する決定をする。その一つを東海道筋に置く方針が出ると、それまで盛んだった養蚕糸業に陰りが見えていた本市はまちを上げてその誘致に取り組んだ。東海道線を擁する豊橋駅から約三キロ南に下ったところに、演習場に向く高師原、天伯原（＊1）などの広大な土地を持つ地の利もあって、明治四十年に豊橋に陸軍第十五師団の設置が決まった。

翌年、高師・福岡に第十五師団が創設されると（現在の愛知大学から高師緑地公園にかけて約五十万平米、野球場約四十個分）、それまで農村地帯だった一帯も軍隊のある町として発展する。師団司令部を始め、歩兵連隊、騎兵連隊、砲兵連隊、憲兵隊、兵器支廠《ししょう》、衛戍《えいじゅ》病院（陸軍病院）、衛戍監獄などが置かれ、多いときで一万の兵や関係者が新たにこの町に住むことになったという。豊橋全体で見ると、当時の人口が四万二千人だったのに対し、兵士や関係者の数は約二万人に上った。

しかし、第一次大戦後の軍縮により政府は第十五師団を含む四個の師団の廃止を発表、豊橋でも五千人近い兵と関係者が一気に町から姿を消した。一方で、部隊の再編成により騎兵第四旅団はそのまま存続し、昭和七年まで駐屯。師団廃止後の同地には陸軍教導学校、予備士官学校などが設置され、昭和十三年以降、両校を合わせると三万を超える予備役将兵が豊橋から戦場へと送られた。

市史や関連資料によると、終戦直前の昭和二十年六月、豊橋はB２９延べ百三十機超による大規模な空襲を受け、一夜にして焼け野原となった。市街地を中心に全戸数の約七割が焼失し、罹災者は全市民の約半数に及んだ。災死数は六百二十四名に上ったという。

終戦後、同地は文教地区として生まれ変わる。司令部や陸軍教導学校、予備士官学校があった場所には愛知大学が創設され、両学校の一部、各連隊部、兵器庫などがあった場所には小中高校などの六校が建った。

終戦から八十年が経った今も、本市には『軍都豊橋』を偲《しの》ばせる遺構が数多く存在する。特に師団司令部があった愛知大学には、司令部棟（現・大学記念館）、師団長官舎（現・大学公館）、営門（現・大学正門）、機銃廠《しょう》、将校集会所をはじめとする当時の建物が幾つも現存している。また、その周辺の学校や公園、住宅地にも、通用門、塀、防空壕、堀跡などが残る。

残っているのは遺構だけではない。風化させてはならないという人々の思いや活動ももちろんだが、それとは別に、囁かれるように伝わる怖い話もある。

筆者も、その文教地区にある学校に通っていた生徒の一人だった。通っていた当時も、また大人になってからも、繰り返すようにそうした話を聞いた。

——ゲートルを巻いた兵の霊が出る。

——白い霊のようなものが建物内を横切っていた。

——井戸の蓋が閉めても必ず開いている。

バリエーションは幾つもあるが、集約すると大方そういう内容になる。

それらを教えてくれる人たちは一様に、小学生が喜ぶような『学校の怪談』とは違って、相手を脅かしてやろうというような大仰な言い回しをすることも、身の毛がよだつような話に仕立てることもない。こっそりと人目を憚《はばか》るように、自分が見たまま、聞いたままを伝える。そして、皆最後に口を揃えたように、「陸軍があったし、空襲もあったからね」と言って神妙な顔をする。

初めてそれらを聞いたときは、只々怖かった。けれど学生になって、いや大人になってからも思い出すたびに、それを怖がること自体が不謹慎な気がして、誰にも話せずにいた。自分の中でもどう処理したらいいのか分からず、持て余し続ける、胸の中で揺れる宙ぶらりんの記憶。語るには躊躇《ちゅうちょ》する、でも、語らないまま土地の記憶の忘却に加担するのも気が引ける。目と耳を閉じたまま年を重ねていく怖さが、どこかにずっとあった。

そんな不安を——本当に偶然であったのだが——最近になってふと、ある人に吐露した。聞いてくれた相手は、少し考えたのち、「岡本喜八という映画監督が豊橋の予備士官学校にいたことを知っているか」と教えてくれた。そういえば。名前は聞いたことはあるが作品を観たことはなかった筆者は、直近に岡本監督の生誕百年の特集がテレビで放送されていたことを知り、それを食い入るように観、資料を読んだ（＊2）。

岡本喜八監督の代表作には、『独立愚連隊』『血と砂』『日本のいちばん長い日』『肉弾』など戦争を主題に扱った作品がある。そして、その原点には豊橋の予備士官学校での体験があるという。

岡本氏は大学を卒業後、東宝に入社し助監督となるものの、太平洋戦争の戦況悪化による招集で昭和二十年一月に松戸の陸軍工兵学校に入隊、同年四月三十日に豊橋陸軍第一予備士官学校に配属となった。

氏は先遣隊として到着したその日、器材庫の点検中に米軍機による空襲を受ける。「音もなく近付いてきた敵機が爆弾を落とし、至近距離で爆発した。戦友の一人は片手片足を吹き飛ばされ、もう一人の戦友は頸動脈が切れた。血の雨を降らせながら、『止めてくれ！』と叫ぶ戦友。地獄絵図だった」。岡本氏はそう体験を振り返っていた。

同地の校区誌でも、その前後の空襲の様子が詳細に記録されている（＊3）。岡本氏が遭遇した空襲の二週間前に当たる四月十五日にも空襲があり、住人六名が亡くなっている。遺族会の資料によれば、この校区だけでも戦中に百名を超える人の命が失われたという。氏は八月の終戦をこの予備士官学校で迎えた。

筆者も知らなかった。知ろうとしなかった。今回資料を集め、調べ、遺構を歩き、涙した。資料の中から、遺構や木々の隙間から、声が聞こえてきた気がした。遠い昔に聞いた話との向き合い方を、声の主たちに教えてもらった気がした。

今ゲートルを巻いた兵の霊が出てきても、若い人たちにはゲートルが何かも分からないかもしれない。この辺りが軍隊の司令部だったことも、武器庫や訓練場だったことも、予備士官学校や衛戍病院があったことも。この町に爆弾が落ちてきて大勢の人が死んだことも、火の海になったことも、そこから出征していった若者たちが無念の最期を遂げたかもしれないことも。

兵の霊が出てきたのだとしても、兵の霊だと気付けないかもしれない。それは兵の霊が出たと怖がることよりも、もっと悲しいことのように思えた。

「昔はね、ゲートルを巻いた兵の霊が出たんだって」
「白い霊が建物の中を彷徨《さまよ》っていたらしいよ」
「閉めても閉めても、翌朝には必ず蓋が開いている井戸があったんだって」

私も誰かに伝えたい、初めて心から思った。歴史研究家でも遺族でもない。不謹慎だと言われる怖さ、誰かを傷つけてしまうかもしれない不安がなくなった訳じゃない。それでも、その先にもっと大切な、考えなくちゃいけない共有しなくちゃいけないことがあるんじゃないかと、今は思う。

思えばあのとき、不安を口にしたのは、偶然ではなかったのかもしれない。見えざるものたちからのメッセージは、いつも後になってから気付く。教えてくれる相手、伝えていく相手とこれから一緒に考えていきたいと、切に思う。

＊1　当時は愛知県渥美郡高師村、昭和七年に豊橋に合併。

＊2　NHK・ETV特集『生誕百年 映画監督 岡本喜八が遺したもの』二〇二四年十二月七日放送

NHK教養セミナー『昭和の二十歳（二）――生と死の間で～昭和二〇年――』一九八五年一月十六日放送

『おかしゅうて、やがてかなしき――映画監督・岡本喜八と戦中派の肖像――』著・前田啓介、発行・二〇二四年一月二十二日、集英社新書ノンフィクション

＊3　『福岡 むかしと今』発行・昭和六十年、編集・豊橋市立福岡小学校、校区誌編集委員会

『豊橋市制施行百周年記念 校区のあゆみ 福岡』発行・平成十八年、編集・福岡校区総代会、福岡校区史編集委員会

御弓橋（豊橋市）

内浦有美

それは、若い二人が道ならぬ恋に落ち、迎えた悲しい末路――。

豊橋には、悲話『御弓橋』が伝わる。「お弓」はこの地に実在した女性の名で、その墓は太蓮寺《たいれんじ》に、女性の名を冠した橋「御弓橋」は市内を流れる川に今日も架かっている。『御弓橋』の話は有名だが、史実を辿ると、それと伝説（昔話、世間話以外の口承文学）としての『御弓橋』の間に乖離があることがわかった。伝説は何がしかの事実や実在した人物を元に語られる場合が多いが、史実と一致しない場合もある。本話も史実が示すものとは異なるのだが、しかし、土地の人々は悲話としての『御弓橋』を伝え、大切にしてきた。人々の心には何があるのか――。

今から十年近く前、テレビ局の取材でディレクターを『お弓の墓』に案内したときのこと。

その墓は小さめで、戒名の周りもうっすらと苔で覆われている。刻まれた「弓」の一字も知る人でなければ見分けが付かないほどだ。二百年以上も前に亡くなった『お弓の墓』には、しかしその日、真冬にも拘らず瑞々《みずみず》しい仏花が供えられていた。

(どうして？　御親族の方かな)

こちらの心の内を察したように、取材の立ち合いで隣にいてくださった御住職がそっと教えてくれた。

「時々ね、『御弓橋』の話をどこかで耳にしたのか、こうして墓にお参りに来て花を供えていかれる方々がいるんですよ。遠くから来られる方もあるみたいでね、みなさんそれぞれに御事情がおありなのでしょうね」

身を焦がしても、この世では結ばれぬ恋の話。自身の境遇を重ね合わせ、お弓の墓まで足を運ばずにはいられなかった女性たち。現代の世でも仏花を手にして太蓮寺とそこからすぐの御弓橋を訪れるという。この橋で狂い舞ったと伝わるお弓と京之介の二つの怪火を一目でいいから見たいと、闇に目を凝らす――。

豊橋には、朝倉川という川がある。豊川に流れ込む支流で、普段は流れの穏やかな川幅も深さもどうということもない川だが、現代になって河岸や橋が整備されるまでは大雨になるたびに氾濫し、地元の人々を怖がらせる暴れ川だった。

江戸時代、朝倉川を挟んで北にある牛川という地区にその一帯を治める大豪商がいた。その豪商には若くて可愛らしいお弓という娘がおり、大層大切に育てられたという。ただお弓については諸説あり、その豪商の若い妾だったという伝えもある。

あるとき、お弓が、「義太夫《ぎだゆう》（三味線）を習わせてほしい」と父に願い出た。朝倉川を渡った南にある城下町は、賑わう東海道の宿場町でもあった。身分や財のある武士、商家の殿方や娘たちはこぞって、城下にある芸事の教室に通ったり師匠を自宅に招いたりした。

父は「愛娘の願いならば」とそれを許し、吉田城下の瓦町から義太夫の師匠である京之介を宅に招いた。京之介は義太夫の腕もさることながら、町でも評判の、うっとりするほどの色男だった。若い師匠と可愛らしい娘の二人が一つ部屋で三味線のお稽古を――。何も起こらぬはずがない。

お弓は毎日、稽古の日のためにと三味線を手に練習をする。つもりでも、三味線を抱えた瞬間に、義太夫のことなど頭の隅にもなくなってしまう。京之介を思うだけで心臓の音がうるさく、思い出されるのは愛しい人の面差しばかり。次に会える日を指折り数えるが、一日が過ぎるのが狂おうしいほど遅く感じられる。けれど、いざその日が来てみれば、玄関で京之介の着物の衣擦れの音が聞こえただけで身体が固まってしまう。思い切って顔を上げるが、その瞬間互いの視線が合って、もう言葉を発することができない。見つめあう時間が永遠に感じられ、息をするのも忘れてしまう……。

これを何度繰り返したことだろう。我慢も限界だった。二人は恋仲になった。

毎日会いたい――。瓦町の京之介は朝倉川を渡ってお弓の宅まで通わねばならないのだが、大雨が降ると川を越せない。お弓は父に希《こいねが》い、何も知らない父は下男に命じて小さな橋を架けさせた。通いは月に数回から数日置きに、回数は日を追うごとに増え、とうとう毎日のようになった。道板を並べただけの粗末な橋だったが、いつしかそれは村の人々から『お弓橋』と呼ばれるようになった。

しかし。やはり、そんな関係は長くは続かない。豪商の娘と義太夫の師匠。秘しても秘し切れなかった若い二人の身分違いの恋は、お弓の父の耳にも入るところとなった。「二度と会うな」、激怒した父によってお弓は外出も禁じられた。

お弓にとって初めての恋、やっと手に入れた自由の恋だった。「会わせてください」、お弓は父に何度も懇願した。どんなに自分が京之介を慕っているか、どんなに必要としているか。懇願するほど父の態度が頑なになっていくのも分からないほど、お弓は京之介との恋に盲目になっていた。

――京之介さんと一緒にいられない人生なんて……。

一方で、京之介もお弓を想い、来る日も来る日も朝倉川に架かる橋のたもとに佇んだ。雨が降り続く中、濡れるのも構わずそこに立ち続ける。

――一目でいいからお弓に会いたい……。

会えない日々、お弓が思い詰めるのに多くの時間は必要なかった。

絶望したお弓は遂に、宅の敷地内にある井戸に身を投げた。その夜、雨の勢いは更に増し、朝倉川が氾濫。翌朝、川の下流で溺死体が上がった。京之介だった。

それから少しして、橋の端のあちらとこちらに二つの怪火が現れるようになった。まず一つの怪火が城下側に現れ、橋を渡って端まで行き、もう一つの怪火と出遭う。二つの怪火は狂おしくもつれるように橋の中心までやってきて、その場にしばらく留まった後、名残惜しそうにそれぞれの端まで別れて飛んでいく。

怪火は毎晩のように橋の両端に現れては、橋を行き来するようになった。

「お弓と京之介の二人の魂が成仏できずに、この世を彷徨っているに違いない」

村人たちはそう囁きあった。

それを聞き気分を悪くしたお弓の父が、「怪火が渡れないように」とひと思いに橋を壊してしまった。すると今度は、怪火はそれぞれの両岸でより激しく燃える始末。余りに不憫《ふびん》に思った豪商の家の者たちと村人たちが、二人のために塚を建てて手厚く供養し、新しい橋を架けた。二百年以上経った今も、本地には実在する「御弓橋」という名の橋とともに、この悲話が残る。

＊

随分前のことだが、あるとき、筆者のところに作業着姿の中年の男性が訪ねてきた。目線は足元から上げず、手を自身の前で忙《せわ》しなく繋いだり解いたりしている。こういう場は苦手だ、とその男性の全身が語っていた。珍しい、何か用事だろうかと玄関で迎えると、男性は突然話し出した。

「急にすみません。自分、『御弓橋』のことでどうしても伝えておきたいことがあって」

聞けば役場関係の仕事だそうだが、お昼休みを使って訪ねてきてくれたのだという。

「土木と河川の現場にずっと携わってきて。御弓橋の架け替え工事のとき、自分はまだ若かったんだけど、とても難工事で……」

「昭和の建て替え工事のときの？」

そうだというように、男性は頷く。御弓橋は昭和五十三年の建て替え工事まで、ずっと総木造の橋だった。昭和四十一年に豪雨があり朝倉川は氾濫、御弓橋も決壊し、救助に当たった警察官四名を含む七名が亡くなられた。橋はその二年後に再び木造で架けられ、朝倉川の護岸も整備された。五十三年の建て替え工事でようやく鉄筋コンクリート造の橋となり、橋の両端には現在も「御弓橋」と書かれた大きな板金看板がある。

「当時、雨が続いて工事ができなくて。みんなもちょっと怪しいなと言うくらい、本当に雨が長いこと続いて。それでもと途中で工事を再開したら、今度は怪我人が出てしまって。誰彼ともなく、その……」

「『御弓橋』の祟りじゃないかって？」

こちらが話を引き継ぐように言葉を出すと、男性は黙ってしまった。しばらくして、

「――架け替え工事のときのことが誰からも忘れられてしまうのが、何だかよくないような気がして。自己満足かもしれないけれど、こちらで話しておけば地元の記憶に残っていくかなって」

そう言うが早いか男性は黙礼して、けれど去り際に一瞬こちらと視線を合わせ、すぐに去っていってしまった。

最後の一瞬、交わった男性の視線の中に、畏れや恐怖は感じられなかった。静かだが、意志を持った眼だった。男性は、橋の建て替えのときの難工事を『御弓橋』の祟りと思って話しに来たのではない。そういう事実があったということ、関わった人々がそれに『御弓橋』の二人の残した悲恋の思いを重ねたこと、受け継がれている話や思いが時代を越えて形を変えて再び私たちに語りかけてくるということ。それらを受け取った人間の責務として、それを伝えにここにやってきたのではないか――。

執筆に当たり筆者はこれを思い出し、焦燥に駆られた。その話を放置していた自身への焦りだ。話を聞いてから十年以上経っており、記憶に曖昧な部分もある。託されたのではなかったのか。昭和五十三年の架け替え工事の記録を調べるため、役所にある橋梁《きょうりょう》を担当

する課をすぐに訪ねた。

職員の方々は『御弓橋』の話も知っていて、当時の資料を丁寧に探してくださった。しかし、もう半世紀近く前に架けられた小さな橋のこと、工事の詳細を伝える資料は見つからなかった。せめて詳しい工期でも分かれば当時の天気を調べられると思ったのだが、それも叶わず。「地区の史料や古老を当たられた方が」、そう教えてくれた担当の方が最後に控えめに言われた言葉が印象的だった。

「豊橋には大小含め千三百近くの橋がありますが、人の名前がそのまま橋の名前になっている例はほとんどない、珍しいんじゃないかなと思います。個人的な感想ですが……」

後日、改めて太蓮寺を訪ねた。冒頭の言葉をくださった先代の御住職と、代替わりされた現御住職のお二人が対応くださり、資料を広げながらたくさんの話をしてくださった。

最後に、筆者も含む三人で寺内にあるお弓の墓を参った。墓石には変わらず、美しい緑の苔に囲われた「弓」の字があった。そしてその日も、新しい仏花が供えられていた。

道しるべ稲荷（豊橋市）

内浦有美

豊橋市にある桜ヶ丘公園の西の一角に「道に迷った者を導いてくれる」、転じて、「参拝する人間の切実な願いを聞き届けてくれる」とされる『道しるべ稲荷』がある。今回は、この『道しるべ稲荷』様に辿り着かなかった話。

江戸時代、吉田藩（現・豊橋）のある武士が殿様の命令で江戸に向かう道中、日が暮れた頃に箱根の山中で道に迷ってしまった。腹は減る、暗闇は迫ってくる、野犬は怖い、どうしたものかと途方に暮れたが、日頃から信仰していた地元のお稲荷様のことを思い出し、一心に、「道に迷ってしまった、助けてください」と念じた。すると、暗い山道の向こうに明かりが見え、そちらの方向に歩くと無事街道に出られた。武士は江戸に着き役目を果たして吉田に戻ると、殿様に道中遭った出来事を報告した。殿様は大層喜んで、感謝の印《しるし》にと家臣とともにたくさんの供え物を携えて稲荷を参った。それからというもの、吉田城の歴代の殿様始め村人も皆その稲荷を「祈願成就の神」として厚く信仰し、人々はいつしか『道しるべ稲荷』と呼ぶようになった――。

公園は地元の人々から愛されているのだが、住宅街の中にあり車では少々行きづらい。周りが細い道と一方通行の標識に囲まれているためだ。

公園の北と南にはそれぞれ異なる大きな福祉施設が建っており、東には豊橋陸軍墓地がある。公園を含むこの一角は、北は路面電車が走る県道四号、南は交通量の多い国道一号に挟まれているが、公園へはいずれの道からも直接入ることができないため、南北の福祉施設脇を通る細い道を通っていかなければならない。公園の一角は小高い丘のような形状になっていて、県道や国道から公園までの標高差は四、五メートルほどある。いずれの道から入るにしても短い勾配を上がっていく感覚があるし、一通の標識がない道であっても、狭いので対向車とすれ違うときに気を遣う。

あるとき筆者の元に、「市内の古い言い伝えのある地を幾つかロケで回りたい」というアテンド依頼が来た。その日は下調べにとディレクターのS氏が一人で訪れ、筆者の運転する車に同乗して候補地を回ることとなった。候補地は市内の各所に点在している。タイトなスケジュールを組んだのだが、その最初の目的地が、この『道しるべ稲荷』であった。普段であれば、何度も向かったことのある道、目的地まで車の運転で迷うことはない。

しかし、この日は違った。いつもは北の県道、南の国道のいずれかから公園に向かう脇道に入るのだが、何故かその日は一角の東側を走る別の県道から向かおうとした。魔が差したとしか言いようがない。一度も通ったことがないその道を選んだのは、迷うことはないという地元民ならではの過信があったのだと思う。

東の県道から左折して入った細い道の先では、その日に限って工事をしていた。迂回しようと手前で曲がろうとした道が、今度は一通で通れない。こっちから入るんじゃなかった、一瞬後悔したが仕方がない。思い直し、公園とは逆方向だがこちらの道をと曲がり直すと、その先がまた一通。あそこを曲がればまた元に戻れるから。えっ、ここも一通だった？　迷宮に迷い込んだように一角から抜け出せない。もう既に公園の周りを一周、二周と回っている。ナビではすぐそこなのに、辿り着けない……。始めはS氏に愛想笑いをして「いつもはこんなことないんですけど」と言っていた筆者も、段々と顔色を失っていく。よし、もう一度県道に出よう、とナビの時計を見て驚いた。時間が驚くほど進んでいる。

筆者ですら、すぐには気付かなかった。こんなにも迷うはずがない。どうしても辿り着かない、おかしいと思い至ったとき、ハッと気付いた。S氏に一応、聞いてみる。

「今、ハンディのカメラ、回していませんよね」

S氏は意味を測りかねながら、「ええ、撮ってないです。何故?」と聞き返す。撮っていたら記録として面白かっただろうに。内心そう思ったが、「そうですよねぇ」と笑って返しておいた。「すみません、次の現場に行きましょうか」。

確かにあれ以来、道しるべ稲荷様を参ることがなかった——。筆者は運転をしながら思い出していた。少し前に稲荷様に別件で大変お世話になったにも拘らず、その後、御礼参りをしていなかったことを。稲荷様の笑い声が聞こえたような気がした。

有り難いことに、時々、取材をして頂く。そして、そのたびに不思議な出来事に遭遇する。気のせい、可怪しいで済む範囲のものもあれば、深刻なものもある。所詮は人間側の解釈次第なのだが、最近では、「見えざるものたちに遊ばれているのだろうな」と思うようにしている。

車輪（豊橋市）

島田尚幸

Ｒさんが大学で知り合った友人から、ドライブに行かないかと誘われたのは、大学二年の夏休みを前にした、ある蒸し暑い日のことであった。もう一人別の友人を誘い、「どこに行こうか」と話すうちに、ありがちではあるが「心霊スポットに行かないか」という流れになった。Ｒさんは特段信心深いとか、霊感があるとか、そういう訳ではなかったものの、なんとなく乗り気にはならなかった。しかし、二人が盛り上がっているのを見ていると、強く否定するほどのことでもなかったため、流れを遮ることはしなかった。話はとんとん拍子に進み、翌週の金曜の夜に行くことになった。

夜七時に大学の駐車場で待ち合わせ、友人が車を運転した。Ｒさんは助手席に座った。向かう先は愛知県と静岡県との間にある、古いトンネルだ。高速道路は使わず、ひたすら下道で向かう。途中のファミリーレストランで他愛もない雑談をしながら夕食を摂ったのち、再び車を走らせた。トンネルに着いた頃は零時近くを回っていた。

闇の中にコンクリートでできたアーチが、ぽっかりと口を開ける。

Rさんたち以外、車の気配は全くない。

誰が言ったかは定かではないが、車でトンネルをゆっくりと走ることにした。

現在、多くのトンネルで見られるようなＬＥＤ灯とは異なり、うっすら繋りのあるナトリウム灯が、オレンジ色に内部を照らす。静かに、とろとろと、進む。

地下水により湿り気を帯びた壁が異様に生々しい。

普段と異なる空気感に、思わず口数が減る。

口の中がからからに乾いているのが分かる。

「断る口実は幾らでもあったのに」普段なら余り浮かぶことのない後悔の念が、心に浮かんで離れない。

気が付くと前方に見える漆黒の半円が近付いてきた。Rさんは少しだけ大きく息を吐いた。

半円の面積が増すにつれ、不安が和らいでいくように感じられた。

それは友人たちも同じだったらしく、車内の張り詰めた空気が、ほんの少しだけ和らいだように感じられた。

程なくして、車はトンネルの反対側に出た。少し先に待避所があったので、そこに車を停めた。

「あぁ、ドキドキした」

「オレ、手汗酷い」

「怖かったぁ」

「でも、何にもなかったな」

「そんなもんだろ」

「ちょっと期待してたんだけどなぁ」

「よく言うよ」

緊張から解放されたこともあってか、会話のテンションが普段よりも高い。来る途中に立ち寄ったコンビニエンスストアで買ったアイスコーヒーは、氷が溶けてほぼ透明になっていた。

「さ、戻るか」

「おう」

最初に感じた緊張感はすっかり薄れている。まるで、同じジェットコースターに続けて乗るときのような雰囲気に、少し笑った。

外の景色を、逆回しにしたフィルムを見るかのような気持ちで眺める。顔のように見えた染みも、ただの染みでしかない。

結局何もないと分かっていながら、同時に「このトンネルの雰囲気は苦手だ」と冷静に分析している自分もいる。

キィ。

遠くに何か聞こえた気がした。

気のせいかもしれない。

キィイ。

どうやら気のせいではないらしい。

金属が擦れて軋《きし》むような音が、うっすらと聞こえる。

キィイイ。

徐々にその音は大きくなっていく。

こめかみの辺りが、拒んでいるような気がする。

運転席の友人と目が合った。彼も、音が聞こえていたようだった。

すっ、と後方の友人が、息を呑むのを感じた。

声には出さなかったものの、同じタイミングで「それ」の存在に気が付いた。気が付いたというよりも、気が付いてしまったと言うのが正しいのかもしれない。

前方に、後ろ姿が見えた。

「見てはいけない」

直感的にそう思った。

できるならば、頭の中からその存在を消し去ってしまいたい。

何もかも忘れたい。ここにいたくない。何でこんなことになってしまったんだろう。

様々な感情が怒涛の如く押し寄せる。

「あれ」

友人が絞り出すように声を出す。

分かっている。敢えて言葉にしなかったけれど、同じことを考えていた。でも、言葉にしてしまうと自分の感情に押しつぶされてしまうから敢えて考えないようにしていたのに。

キィィィィィィィ。

キィィィィィィィィィ。

キィイイイイイイイイイイイ。

音は、明らかに「それ」から聞こえてくる。

明らかに音が大きく聞こえる。少しずつ人影に近付いていく。

直感的に忌避しなければならないことを全身で悟っている。震えているのが分かる。

見たくない。

見てはいけない。

そう思いながらも、目は向いてしまう。

長く絡んだ、手入れのされていない黒髪。着ているのは、くすんだ色のワンピースだろうか。所々破れ、黒とも茶色とも判別できないような染みが付いている。

足には、何も履いていない。

「それ」が関わってはいけない存在であることは、今更確認するまでもない。

車速を上げ、抜き去ろうとした瞬間、気が付いた。

女は、ぼろぼろになった車椅子を押していたのだ。

リムが剥き出しになった車輪。

回転するたびに、軋む。

見てはいけない。

厭だ。絶対に見てはいけない。

そう思っても目はそれを捉えてしまう。

本来傷病者が座るはずの座面に、古びた赤ん坊の人形が置かれていた。

キイイイイイイイイイイイイイイイ。

キイイイイイイイイイイイイイイイイイ。

キイイイイイイイイイイイイイイイイイイイ。

「それ」を追い越したにも拘らず、音は大音量で車の中に響き渡る。

耳を塞いでも、頭を抱えても、音は全く小さくならない。

キイイイイイイイイイイイイイイイイイイイイイ。

キイイイイイイイイイイイイイイイイイイイイイイイ。

キイイイイイイイイイイイイイイイイイイイイイイイイイ。

キイイイイイイイイイイイイイイイイイイイイイイイイイイイ。

キイイイイイイイイイイイイイイイイイイイイイイイイイイイイイ。

キイイイイイイイイイイイイイイイイイイイイイイイイイイイイイイイ。

トンネルを抜けた瞬間、ふっ、と音が途絶えた。

静寂が車を包む。運転席の友人は歯を食いしばってガタガタ震えながら、ハンドルを強く握り締めている。

普段であれば「大丈夫か」と声を掛けるところだが、そんな余裕はない。今となっては失礼な気もするが、後部座席の友人のことなど、考えすら及ばなかった。恐怖を通り越して、頭が回らないのだ。

車内は誰一人口を開かない。というよりも、三人が三人、他人を気遣う余裕がなかったのだと思う。

どのようにして帰ってきたか、余り覚えていないが、ある程度の町中まで戻ってきたところにあるコンビニエンスストアの駐車場に車を停めた。沈黙が続く。時間の感覚が分からなくなっていた。長かったような気もするし、短かったのかもしれないが、「運転、ありがと」という言葉だけ、口に出すことができた。

運転席の友人が、はあああぁぁぁぁぁ、と長い息を吐いた。

誰も自分たちの見た存在の話をすることはなかった。

それからどれくらい経っただろうか。後部座席の友人が、「ちょっと、小便行ってくる」

と言うので、皆で店に行くことにした。

車外に出、歩みを進めた矢先、友人が、声にならない声を上げた。

ボンネットの上に、赤茶けた小さな足跡のようなものが、まるで走り回ったかのように無数に着いていた。


その後、どうやって帰ったか、全く覚えていないんです、とRさんは語った。

それ以来、仲の良かった友人たちとはすっかり疎遠になり、たとえキャンパス内でその姿を見かけたとしても、会話をするどころか互いに目を背けるようになってしまったと言う。

「きっと、実際にあったこととして互いに、認めたくなかったのでしょうね。でも、今となっては、誰かの姿を見かけなくなるようなことがなくて良かった、とも思っているんですよ」

Rさんは、まるで自分に言い聞かせるかのように、そう呟いた。

五人櫃（新城市）

赤井千晴

数年前のある日、朝から持病のヘルニアが酷く寝込んでいた私は、スマホ片手に自分の住む街の地図を大きくしたり小さくしたりしながらぼんやりと眺めていた。この街に引っ越してきたばかりだったので、どこを見ても見慣れない地名が並んでいて楽しい。

中心地から少し外れた場所を見ていると、私が住むアパートから川を隔てた向こう側に『五人櫃』と言う地名を見つけた。

「ごにん、ひつ……？　いや、ごにんびつと読むのか」

何だか不穏な響きだが、由来はあるのだろうか……。

数日後、動けるようになった私は図書館へ向かい、何か手掛かりはないかとあらゆる本を読み漁った。

その中のとある本に正に『五人櫃』というタイトルの話があったときは、当たりくじを引いたような喜びがあった。

少し省略するが、その本には以下のようなことが書かれていた。

＊

その昔、この場所には代官屋敷があった。

しかし村の人は誰もこの代官の顔を見たことがないし、この屋敷に入った者もいない。

屋敷は大きく、外からは大きな家が幾棟も重なって見えて、どれくらいの大きさなのか見当も付かないほどだった。

そんな屋敷であるから、きっとたくさんのお宝や財産があるのだろうと噂が立ち、その噂は遠くの地方まで広がっていった。

あるとき、そんな噂を聞きつけて五人の盗賊がやってきた。

大きな身体に力も強く、身なりも良い。

その夜、彼らは屋敷に押し入ったが、どこを探しても宝なんぞありはしない。何もない部屋ばかりが続き、遂に一番奥の代官の住まいまでやってきた。

代官は一人で寝ていたが、盗賊が屋敷に入ってきたことには気付いていた。

そんなことともつゆ知らず、盗賊たちは扉をこじ開け押し入った。

その瞬間、パッと跳ね起きた代官は驚くほどの大男で、五人の盗賊をたちまち捕らえ、あっという間に首を刎《は》ねてしまった。

代官は五人の首を大きな一つの櫃に入れ、牛ほどもある大きな石の下に埋めた。

それから、代官が祟りを恐れたか、村人がそうしたのか、この場所に祠《ほこら》ができた。

それ以降この辺りは、五人櫃と呼ばれるようになったそうだ。

＊

先日、この原稿を書くに当たり現地を訪れた。

カーナビに目的地を『五人櫃』と入力したが、かなり細い畦道を通らされたり、同じ道を何度も通ったりとなかなか辿り着けない。

そしてようやく、気が付いた。
私は大きな家の周りをぐるぐる周っているだけだった。
外からはどんな大きさか分からないが、植木の向こうに幾棟もの屋根が見えた。

「新城昔ばなし３６５話」（新城市教育委員会）

うたごえ（新城市）

赤井千晴

愛知県の端っこにある小さな温泉街。戦後からバブル期に掛けて大層栄えたそうだが、現在は知る人ぞ知る……と言った静かな集落である。

私はこの温泉街の雰囲気が大好きで、気持ちが落ちたときや考え事をしたいとき、何かに付けて訪れては、温泉に浸かり、川を眺め、短い散歩を楽しんだ。

あれは二年ほど前の夏、盆を過ぎた辺りのとても暑い日だった。知人から『この温泉街から歩いて行ける滝がある』と言う話を聞いた私と夫は、それは是非見に行ってみようと温泉街へ出かけた。


駐車場に車を停め、歩いて温泉街を抜けると、人家の庭の脇に歩行者用の小さな踏切が見える。踏切の向こう側は木々が覆いかぶさるように茂っており、森への入り口がぽっかりと黒く際立っていた。

時刻は十五時前。まだまだ太陽は高い位置にあると言うのに、暗く鬱蒼《うっそう》とした森を眺めながら、のんびり歩ける道はあるのだろうかと少し不安になる。

とはいえ、ここまで来たのだから行ってしまえ！　と歩き始めること数分、見渡す景色がパッと明るくなった。

周囲が背の高い杉の木に代わり、陽の光が差し込むようになったのだ。

さっきまでの不安は消え去り、歩調も軽い。辺りに響くミンミンゼミの声も、都会の喧しいクマゼミ軍団とは違って趣があるように思える。

道に沿うように流れる沢は、とても綺麗で目に楽しい。緩やかな登り坂には少々息切れしたが、せせらぎの音とともにひんやりとした空気が流れていて大変に心地良かった。

そんなこんなでこの散歩を存分に楽しんでいるうちに、目的の滝が見えてきた。

大きく開けた空間の手前には、注連縄《しめなわ》が張られた赤い鳥居、そしてそのすぐ下にお不動さんの小さな祠がある。

木々の隙間から降り注ぐ木漏れ日は、大きな岩壁の上から細くまっすぐ落ちていく水飛沫《しぶき》をキラキラと照らしている。

……と、しばらくその光景に見惚れていたが、少し陽が翳ってきたので早々に引き返すことにした。

下りの道は歩調も軽い。さあ、あと一息で森を抜けるぞ！　というところで、何か違和感があった。

「ねえ、静かすぎない？」

さっきまで聞こえていた蝉の声がしない。

いや、蝉だけではない、葉の擦れる音も、川のせせらぎすら聞こえない。無音だ……。

すると夫が、

「岩壁の上から、何かが聞こえる」

と言った。

耳を、澄ませる。

……歌だ。

何の歌かは分からないが、女性の歌声。高い声、子供かもしれない。

歌声が、岩壁の上から途切れ途切れに降ってくる。

ゆったりとした、民謡のようにも聞こえる何か……。

なんて、この不思議な歌声にしばし耳を傾けていたが、段々と不安になってきた。

周りは森、道はこの一本だけだ。

時刻は間もなく十六時。

この切り立った一枚岩の上にいるのは、果たして人だろうか……。

夫と二人、呆然と見上げていると、突然、

「ミーーンミンミンミン！」「ザーーーーー！」

と、あらゆる音が戻ってきた。

ハッと我に返り、顔を見合わせる私たち。

「帰ろう！」

小走りになりながら、一目散に森を出た。

踏切の向こうまで走り切ってようやく振り返ると、相変わらず森の入り口は黒くぽっかりと際立っていた。

あれが何だったのかは分からない。スマホの地図で確認しても、只々木々に埋め尽くされた場所であることしか分からない。

後から知ったが、あの沢は乙女沢と言うそうだ。

山で舞ってはいけない（東栄町）

赤井千晴

奥三河の『花祭』と言えば七百年以上に渡って伝承されてきた伝統的な神事で、国の重要無形民俗文化財にも指定されている。

「てーほへてほへ」の掛け声とともに、人々は煮えたぎる湯釜の周りを夜通し舞い踊るのだ。特に盛り上がりを見せるのは、榊鬼と言う赤い鬼が斧を振りかざしてへんべ（反閇）を踏むところ。

子供たちが松明《たいまつ》の火で鬼の周りを取り囲むと、大きな鬼の面がグッと浮かび上がるように、目にぎらりと光が差して一層表情を豊かにする。

この祭りを説明しようと思うと、藁を束ねたタワシでもって煮えたぎる湯釜の湯を振りかける〝湯ばやし〟や、味噌を顔に塗られる〝おつるひゃら〟など、説明が必要な要素が多く長くなりすぎしまうので、ここではこの辺にしておいて気になる人は是非調べてみてほしい。

さて、奥三河の人に「花祭にまつわる不思議な話はないですか？」と尋ねると、大体みんなこう言うのだ。

「山で花祭の舞を舞ったり笛を吹いたりすると、天狗に攫《さら》われるんだよ」

＊

東栄町に住むYさんの話。

Yさんは大の花祭好きで、毎年あらゆる集落の花祭に顔を出しては、一晩中舞を舞うのが何よりの楽しみだった。

皆口々に「Yさんは正真正銘の花狂いだなあ」などと言っていた。

ある日、Yさんは山での仕事が一区切り付いて休憩を取っていた。

天気も良く、暖かな風が吹いている。何だか心地良くなったYさんは、あの言い伝えを忘れて口笛を吹いた。

足元にはちょうどいい棒切れと切り株がある。こりゃあ良いやと太鼓がわりに拍子まで取り始めたYさんは、そのうち堪らなくなって立ち上がり、舞を舞った。

……ふと、背後に気配を感じる。

ゆっくり振り返ると、高い木の上に誰かが座っている。

随分と大きい……人にしては大きすぎる。

赤い顔、高い鼻、大きな羽団扇を持ってゆったりと仰ぐ姿は、昔話に聞く天狗そのものだった。


Yさんは呆然と立ち尽くし、固まった。

声も出なかったそうだ。


その後Yさんは、天狗に攫われることなく無事帰宅することができたそうだが、それはYさんの花祭好きが天狗に認められたからなのかもしれない。

奥三河の天狗は、どうやら花祭が好きらしいという話もよく聞くのである。

しかし何故、山で舞ってはいけないのだろう。山は天狗の聖域だから、ということなのだろうか……。

花祭の様子

田峯菅沼氏の滅亡について（北設楽郡設楽町）

御於紗馬

「田峯」と書いて「だみね」と読む。

菅沼氏は室町時代後期に東三河地方に興った一族で、その分派は多い。そのうち文明二年（一四七〇）今の愛知県北設楽郡設楽町田峯、三河と信濃を結ぶ要所である笹頭山の中腹に田峯城を築いた菅沼定信は田峯菅沼氏の祖とされる。定信は城の鎮護のために観音を祀《まつ》って高勝寺とし、菩提寺として日光寺を興した。

さて時代は下って戦国の世となると、当地は駿河の今川、甲斐の武田、尾張の織田の睨み合う要所と化した。田峯菅沼氏は当初今川家に従っていたが、三河全体に広がる動乱と今川家自体の滅亡により、骨肉の争いを繰り返すことになる。三歳のときに一族の争いで城に攻め込まれ、父や乳母を斬り殺されながらも生き残った時の当主、菅沼定忠は紆余《うよ》曲折《きょくせつ》の末に武田家に付き、天正三年（一五七五）の長篠の戦いに参加した。織田・徳川の連合軍に武田家は敗北、一万以上の兵を失ったとされる。

定忠は生き残ることができた。しかし敗戦の将である武田勝頼に従うは僅か数騎。定忠は彼らを田峯城へと案内するが、城門は閉ざされたままだった。留守を任せた叔父と家老が徳川に寝返ったのである。その後、定忠は自害した、と田峯城の者には伝えられた。

天正四年（一五七六）七月十四日の未明、寝静まった田峯城へと定忠は兵を引き連れ強襲した。自害は嘘だったのである。彼らは女子供も含めて九十六人を虐殺し、その生首を辻に晒《さら》した。特に憎さの余る家老に対して、生きたまま首をノコギリで引き落としたという。

しかし、頼みの綱の武田勝頼は天正十年（一五八二）に織田信長に攻められ自害、菅沼定忠はそのまま討たれたとも、徳川家に帰参しようとするも謀殺されたともある。田峯菅沼氏は定忠の従兄弟に当たる菅沼定利が継ぐも、定利は信濃国伊那郡を治めることとなり、田峯城は廃城となる。定利はその後、上野国吉井に二万石を与えられるも嫡子がなく、養子を貰うこととなり田峯菅沼氏の血は途絶えた。

さて、残された高勝寺と日光寺であるが、徳川の世となり、新城藩として整備され領主が変わっても近隣の民からの信仰は厚かった。

しかし、正保元年（一六四四）に日光寺が焼失してしまう。村人たちの手で建て替えられるも、使用した木材に御法度の物が混ざっていたことが判明する。お上の木を切ると重罰（下手人一人ではなく、村の連帯責任）で、このことはお代官様の耳にも届いてしまった。

村人たちは田峯の観音様に祈った。そしてこう願った。

「村が三軒になるまで歌舞伎を奉納します」

代官が来る日、旧暦の六月というのに、雪が降った。その雪で切り株が隠れたとも、寒くて代官が引き換えしたとも伝えられる。とにかく、村人は咎《とが》められることはなかった。

この田峯観音の奉納歌舞伎、少子高齢化の影響はあるものの、三百年の時を経て、今なお続けられている。そうして記憶は伝えられている。

尚、田峯城の犠牲者の怨念も未だ晴れてはいないと、そういう話も聞いている。

伊世賀美隧道の小屋（豊田市）

御於紗馬

二十年以上前の二月の頃だという。

当時、学生だったTとその友人のK、そして後輩が二人。その場のノリで、仕事が捌《は》けた後、冬の最中だというのに車一台に乗り合わせて旧伊勢神トンネルへと向かった。

旧伊勢神トンネルは、正式には伊世賀美隧道と言い、東海エリアでは有名な心霊スポットである。

明治三十年に造られたそれは、険しい伊勢神峠を行き来する荷馬車や歩行者には有り難いものだったが、その道幅は乗用車一台やっと通り抜けられる程度。つい最近ジャパンラリーのコースにもなったので、御存じの方も多いかもしれない。

すぐ側にトラックが行き来する新道が造られて久しく、今では更に新しいバイパスも着工したようで道路としては完全にお役御免であるのだけれども、訪れる人は少なくない。

曰く、トンネル工事で生き埋めになった作業員の霊が出る。
曰く、トンネルに和装の女の霊が出る。
曰く、生き別れの母を捜す子供の霊が出る。

諸々の噂が噂を呼び、実際、観光地と化している。名古屋の中心部から車で小一時間程度。「車でないと行けない」と言うのもミソだ。ナンパをする口実に使い易い。暇を持て余す学生の恰好のネタである。

Tたちは道中、道のカーブにお地蔵様や、曰くありげに花が添えられているのを見つけては、その都度テンションが上っていたのだけれど、現場の手前で車を止めざる得なかった。道が雪に埋もれていたのである。

せっかく来たのだからとトンネルまで歩くことになった。処女雪に足を踏み入ると、足首ほどまで雪で埋まった。雪山を知る人からすれば無謀の極みであるだろうが、彼らは進めると判断し、旧道へと歩を進めた。

その夜は満月。妖しいほど大きな月が雪山を照らし、深夜であることを忘れさせた。月は煌々《こうこう》と照り、光を雪が反射する。雪に覆われた山肌が、木々が、ぼうっと明るく輝いている。雪の照り返しのせいで、彼らの影は幾重にも折り重なりあう。四人しかいないのに、真っ白な雪肌の上では大勢が寄り合い押し合いしているように見える。

道は曲がりくねっていた。Tは、そろそろ戻ろうかと行ってみるものの、Kがあの角まで、ここを抜けるまで、と諦めさせてくれない。

と、唐突に煉瓦造りのトンネルが、ぬっと現れる。先客もいない。心霊スポットの貸し切り状態だった。

後輩とKはトンネルの奥へと進んだが、Tは入り口に残った。別に怖かった訳ではなく、外で待って何かあったら助けに入るつもりだった。

ふと脇を見ると、右手の奥のほうに以前は店だったような、古びた小屋が建っている。壁には選挙のポスターが貼ってある。急に世俗のものが目に入ってきて、少し安心した。

しかし、こんな夜中である。自分たちの騒ぎを気にして外に見に来たのではないかと、咄嗟にそう思った。謝ったほうが良いかもしれないと考えた。
自分だけでは気が引けたので、Kを呼び戻す。

「お婆さんがいるね」

Kが呟いた。曲げた背をこちらに向ける老婆の姿が視界にいる。
こんばんは……と、Kが声を掛けながら近付こうとした刹那、老婆の姿は消えた。背景の雑木林に溶け込んだようだとTは言った。

その瞬間、それまで麻痺していたものが一気に吹き出した。こんな雪の中何をしているのだろう？　こんなに暗い山奥で、何をしているのだろう？　孤独、寒さ、空腹、眠気、疲労、そして逃げ出したくなるほどの恐怖。急に感情が蘇り、パニックになった。
大慌てで後輩二人を呼び戻し、来た雪道を走り抜け、車に飛び込むと猛スピードで名古屋に戻った。Tの家の近所のファミレスに入り、注文した飲み物を飲み干して、ようやくうやく老婆が消えたことを実感することができた。既に日は昇りかけていた。

さて、伊世賀美隧道については動画も上がっているので確認することは容易いのであるが、小屋があるのはTが訪れた逆側で、名古屋側にはそのようなものはない。Tには再度この話を聞き直してみたし、小屋の件にも触れてみたのだけど、「怖いことを言わないでください」と否定された。当時は小屋があったのか、いや、そもそもなったのか、今は分からない。

伊世賀美隧道

名古屋の怪

その一

交差する場所（名古屋市千種区）

御於紗馬

世界各国の動物、植物が集っている東山動植物園。名古屋でも有数の観光地ではあるのだが、その辺りは民家も少なく、かつては追い剥ぎが出るような物騒な場所だった。今でもその周辺は緑化地帯として木々が生い茂り、当時の薄暗さがまだ残っているフシがある。

そんな夜道を、私の友人が女友達と連れ立って散歩をしていたときのこと。

そこいらは住宅地の灯りが差し込まないので星を見るにはちょうどよく、二人は森の中を突っ切る大きな陸橋の上をのんびりと歩いていた。

夜空の星からふと前方に視線を落とすと、少し先に女性の後ろ姿があった。

ふらふらと、何かよろめくように自分たちの前を歩いている。

最初に述べたようにこの一帯は民家も少なく、女性の一人歩きはいささか無用心だ。定まらない足取りも含め、少々気になってしまった。

と、そのとき――。車が一台、猛スピードで前方からやってきて、ハイビームのまま過ぎ去っていった。あまりの眩しさに目を閉じ、再び目を開いたときにはもう、前にいたはずの女はどこにも見えなかった。

今まで見ていたのは幻だろうか？

そう思った瞬間、連れの女性が、先ほどまで女がいた場所まで駆けていって、一言。

「……今、いたよね？」

念のため、二人して下の道路を覗き込んでみたが、車が何事もなく通っているばかりだったという。

河童の話を、幾つか（名古屋市西区）

御於紗馬

中部圏では、河童を「のし」「トチ」「川小僧」と呼ぶ。「祇園の日」――地域によって由来や日程が異なるのだけれども――は、彼らは人を襲うとされる。

江戸時代末期から明治初期に作られた『尾張名所図会　付録』、ここに「椿の森　河童乃怪」と題する話が収録されている。

宝暦六年七月三日、西暦に置き換えると一七〇九年の七月二十九日となるのだが、巾下《はばした》（名古屋城の西側の辺り）に住んでいた、河合小傳治という老士（おいざむらい）、この日の明け方に目を覚ますと、夜明けでも見ようと散歩に出かけた。

押下田面（今は名古屋西高校がある辺りだろうか）、当時流れていた笈瀬川まで来たところで、七、八歳ぐらいの子供が、跡を付けてくるのに気が付いた。

夜明け前である。今とは違い、車が走っている訳でもなく、街灯が灯っている訳でもない。空が白む前の闇の中、後ろを付けられるのも気持ちが悪く、どこへ行くのかと問うと、「自分は椿の森に住むものだ。押切の水車まで行く」と答えた。ならば自分より前を歩け、と河合が道を譲ろうとすると「いや、後ろが良い」と言いながら、子供は彼の肩に手を伸ばして引き倒そうとした。

その力の、異常なこと。

しかし、相手が悪かった。老いたとはいえ河合は武士。逆に子供をねじ伏せて「不届きな河童め。昔なら拳一撃で殴り殺しているところだが、今は念仏修行の老人なので許してやろう」と睨みつけると、子供は笈瀬川に飛び込んで逃げたという。

河合は「河童」と断じているが、名古屋駅の南側、笈瀬川本通には溺れかけた子供を助けた河童の話が残っており、この界隈に河童がいるという話は周知のことだったのだろう。『尾張名所図会　付録』では、「最近はこの森の辺りは川も浅くなり、怪しいものも棲んではいないようだ」と結ばれるのだが、笈瀬川は大正時代に暗渠《あんきょ》となり、今では道の名前としか残っていない。また、かの椿の森は名古屋駅西の椿神明社の鎮守の森として、その片影が残っていたのだけれど、リニア中央新幹線の工事のため、その規模を減らしている。

名古屋駅の南側、地下鉄の大須観音が最寄り駅となる鹽竈《しおがま》神社に、無三殿大神という河童の神様が祀られている。「むさん・どの」ではなく、「むさんど」と読む。この河童は尻子玉ではなく、痔の根を取るという。無三、というのは尾張徳川家初代藩主、徳川義直に仕えた松平康久の法名であり、彼の屋敷跡一帯が無三殿と呼ばれ、そこを通っていた水路で信仰されていたものが遷座されたものである。

今でこそ人型の河童の像が鎮座しているが、これは平成になってから祭り直したもので、「無三殿」は元々霊黿《れいき》、つまりは亀やスッポンの姿であったようだ。「河童」と一言で言っても、様々な姿を取ることがある。

しかし、そうなると話は変わる。歴史を紐解くと無三の屋敷は隠居のためのもので、後に徒刑場が造られたらしい。そういう場所で、亀だの、痔を治すだのという話は、嫌に生々しい。余談であるが、この鹽竈神社、入り口に大きなお釜が置かれている。

また、ここから更に南のほう、熱田区の浮島辺りに「牟山戸」「無山戸」という地名があったことも書き添えておこう。当時、この辺りは海に近い沼地だったが、大水のときでもこの場所は島のように水没しなかったためその名が付いたという。河童にも関係しそうな印象はあるが、既に埋め立てられてその名残も今はない。

古い話ばかりになったので、最近の話も書き足しておこう。詳しくは書けないのであるが、とある女性から聞いた話だ。

今から十年ばかり前、小学校の頃に愛知用水の見学に行くことになった。彼女も楽しみにしていたのだが、事情があって参加できなかった。

その翌日、いつものように登校したが、どうも様子がおかしい。

一番の友人の姿がない。

話を聞くと、見学に行ったそのときから様子がおかしくなってしまったという。

ずっと心配をしていたのだが、ようやく、友人は姿を見せた。

医者に見せてもだめ、色々手を尽くして拝み屋さんまで行き着いた結果、こう言われたそうだ。『河童の霊に憑かれている』と。

蛇足であるが、愛知用水は昭和三十年からの着工で、事故などで五十六人が亡くなっている。この地には少々、色々と埋まりすぎている。

見えない記憶

（名古屋市中村区）

御於紗馬

堀川に架かる納屋橋は、かつては路面電車の停留所があり、川沿いやその周辺には料亭が立ち並んでいた。そこには文化人・財界人たちが集うサロンとして賑わっていたのだが、戦後になってゴタゴタしたのだろうか、今ではホテル街、風俗街となっている。

最近まで、違法な売春婦（何故か海外の人が多かったようだ）がホテル前にずらりと並ぶ、アンダースポットとして知る人ぞ知るエリアだったのが、二〇〇五年の愛・地球博開催時の取り締まり（何故か、こういうイベントの際には悪所の摘発が厳しくなる）を皮切りに、最近の周辺の再開発、また新型コロナの影響も大きく、ラブホテルも、風俗店も減少の一途を辿っている。

そういう場所だから、客を引いていた女性が殺されて川に捨てられた、あのホテルの何号室は女が殺された、というような噂に枚挙に暇がないのだが、あくまで噂の域を過ぎない物が多い中、面白い話を仕入れることができた。

「と、言っても何か見た訳ではないのだけど」

納屋橋を中心にした派遣型の風俗店に勤めているAさんの話。

派遣型風俗店はラブホテルと提携しているのだが、ホテルにもランクがあって、良いホテルの良い部屋から埋まっていく。納屋橋の架かる県道寄りのほうが良くて、奥に行くにつれてランクは下がっていく。そんな中、「出る」と噂されるホテルがあった。

待機場所で、ホテルのエントランスに顔が浮いていただの、女の子によっては、そのホテル自体がNGだったりするだの、そういう話を耳にしていた。

「でも、私、霊感ないし。話半分ぐらいで聞いていたのよね。この業界、「視える」っていうけど、実際は病んでたりする子多いし」

そのホテルの優先順位はかなり低かったらしく、彼女が派遣されることもなかった。

それが、ある年末。ホテルがどこも一杯で、そのホテルを使わざるを得なかった。今まで聞いていた噂も忘れて、いつものようにホテルを訪れ、一歩踏み入れる。その瞬間、ぞっと寒気を感じた。いや、そんな生易しいものではなかった。冬の寒い時期だ、暖かい格好をして、コートも羽織っている。

「嘘かと思ったもん。寒いとかじゃなくて、何というか……」

「凍える?」

そう、それ!　と彼女は合意してくれた。よくよく聞き出してみると、寒さを通り越して刺すような痛みだったそうだ。それでも、そこはプロ、何とか仕事をやり遂げる。一歩外に出ると、嘘のようにその寒さは止んだ。

そのホテルを利用したのは後にも先にもその一度だけ。気が付くと取り壊されて、今ではマンションが建っている。

「時々その前通るのよね。たまに思い出すの。今も話したら思い出しちゃった」

と、彼女は両腕を擦ってみせた。

枯れ尾花の恐怖（名古屋市中村区）

岩里藁人

「幽霊の正体見たり、枯れ尾花」

しかし、中には幽霊よりも恐ろしい枯れ尾花もあるのだ。

名古屋市の西端にある中学校、そこが私の母校だ。

昭和の時代。周縁三つの小学校卒業生のほとんどが進学するため、在校生は千人を超えた。いわゆるマンモス校である。

当然、それだけいれば教師も生徒も個性豊かな者がいる。

この話に登場する、オカマキリとハニキンもそうだった。現在の基準からするとセンシティブな要素が含まれるので、あだ名の詳細には触れない。ただ、前者は長身痩躯《そうく》の立ち振る舞いが細やかな理科の新任男性教師で、後者はその教え子の男子生徒――私の同級生――だった。よくいえば親分肌、ありていに言えば法律に触れない程度のヤンチャ者で、その前歯には眩いばかりの金歯がかぶせられていた。

以降、教師をカマキリ、生徒をK君と呼ぶことにする。


さて、どんな学校にも怪談はつきものだ。もっとも、九十年代に起きた「学校の怪談ブーム」以前は、「学校の七不思議」という呼び方がポピュラーだったと記憶している。便器から出る手、数が増減する階段、音楽室の肖像画の動く目、誰もいない体育館から聞こえるボールをつく音……今思い出してみても、いささか個性に欠ける話ばかりである。人が集まりすぎると、最大公約数的に恐怖は薄まってしまうのだろうか。

そんな中、ちょっと異彩を放つ話があった。

正門の脇に、ひっそりと置かれた女生徒の石膏像がある。セーラー服を着て、膝を抱えた等身大の座像。少し溶けた顔は、泣いているようにも怒っているようにも見えた。

その像が、夜になると歩き回るという。

台座を降り、立ち入り禁止の屋上へ上っていくのだという。

少女のモデルはこの学校の元生徒で、在校中に屋上から投身自殺をした。そのとき身に着けていた血染めのセーラー服が、その像の中に埋め込まれているのだ――そんな噂が、まことしやかに囁かれていた。

屋上をふらふらと歩く白い影を見たという目撃者も、何人かいた。

が、K君は信じなかった……というより、全く興味がなかった。

「力こそパワー」が信条の彼にとって、それで解決できそうにない問題は管轄外だったのである。興味はなかったが、ふと、イタズラ心を出した。

当時はまだ、防犯のために教師が学校に泊まる「宿直制度」が生きていた。

暗い学校に残り、見回りもしなくてはならない。想像するだけで気味が悪い。

K君は、弱々しく見えるカマキリをビビらせてやろうと考えたのだ。

「なあ、センセイ。あの入り口のオバケ石膏像って、ホントに夜、屋上を歩き回るのか？

今度、確かめてくれよ」

軽い気持ちで口に出した。

ところが、カマキリの反応は予想を超えて激烈だった。

「バカを言うな、そんなことがあるはずがないだろう、アホッ！　非科学的だ、タワケッ！

くだらん噂に惑わされるんじゃない、オタンチンッ！」

ヒステリックに、次々と罵詈雑言《ばりぞうごん》を浴びせられた。

理系の、科学者としての逆鱗に触れてしまったのだろうか。

それとも、恐怖をまぎらわすための裏返しの怒りなのか。

あまりの勢いに呆気に取られていたK君は、段々向かっ腹が立ってきた。

(何だよ、そんなに怒るようなことか？　しょうもない噂話に、ここまでキレなくてもいいじゃねえか。

このまま言われっぱなしじゃ、気が済まねえな！)

K君は復讐することにした。

といっても、さすがに腕力は使わない。

カマキリの次の宿直の日を狙って学校に忍び込み、白い布でもかぶって、脅かしてやろうと考えたのだ。


K君の計画は、私を含め、ごく一部のクラスメートしか知らなかった。

私は確か、やめておけと引き留めたと思う。

彼の性格からして、無駄だとは分かっていたが。

数日後。

復讐計画が実行されたであろう次の日。

明らかにK君の様子がおかしかった。

無駄な元気のカタマリのような男が、ほとんど口も利かず、悄然《しょうぜん》としている。

カマキリのほうはいつもと変わらないが、K君は目を合わさないようにしている。

計画を知る者は、何があったのかと尋ねた。

失敗して、こっぴどく叱られたのか。

そもそも、バカバカしくなって中止したのか。

——それとも。

本当に、何かを、見たのか。


クラスメートが問いただしても、K君は口を閉ざしたままだ。

ただ一言、ぽつりと呟いた。

「ホントにおっかないことって、あるんだな」

真相が明らかになったのは、数年後だった。

確か成人式（当時は二十歳）のイベントで、久々に同級生が集合したときのことだ。

K君を見かけた私は声を掛けた。彼は高校を出てすぐ、父親の工場で働いているとかで、早くも二代目の風格を漂わせ始めていた。

陸上部のモテ男だったアイツがファンの後輩と結婚して早くも父親になったこと、シンナー騒ぎで少年院にいったアイツはとうとう本物の組に「就職」していること……

思い出話が途切れたタイミングで、カマキリへの復讐譚について切り出した。

——ああ、とK君は周囲を見回した。

「今日はアイツ、来ていないよな。あん時はホント、頭にきてさあ、真剣に仕返ししてやるつもりで行ったんだよ、学校。日付変わるくらいの時間に、シーツとか懐中電灯とか持って。やる気まんまんだったから、真っ暗な校舎も全然気にならなかった。元々オバケなんか信じてなかったしよ。正門乗り越えて、例の石膏像のケツ叩いて挨拶したりして。もちろん、いつも通りのカッコで座ってたよ。で、中庭に出て宿直室のほうへ行こうとしたとき……見ちゃったんだよなあ。屋上で、ヒラヒラ白いものが踊ってるの」

でも、石膏像はそのままあったんでしょうと聞くと「石膏像なら怖くないよ」とK君は薄く笑った。

K君が見た屋上の白いもの。

それは、白（或いはピンク）の透け透けネグリジェを着て、バレリーナよろしく一心不乱に踊るカマキリの姿だった。

見てはいけないものを見てしまった、と思うと同時に全身が総毛立ち、とんで帰って家で震えていたのだそうだ。

「今でこそオレも社会人だから、ストレスとか色々分かるけどさあ、中坊のときにそんな訳分からんもの見せられてみろよ、たまんないぜ」

そう言ってからK君は、もう一度、グルリと周囲を見渡した。

指（名古屋市中区）

島田尚幸

Yさんは印刷機器の会社で外回りを担当している。

外回りと言っても新規の顧客を開拓するような営業ではなく専ら、メンテナンスが中心で、その仕事の多くは、足りなくなったトナーの交換であったり、紙詰まりを起こした機器から印刷途中の紙を除去したりといったことを主として行っている。それでも部品や機種の交換などの糸口ともなるため、欠かすことができない仕事だと自負している。

この日は、新栄にあるN商事の印刷機が不調ということで、確認に来ていた。

N商事は古い雑居ビルの二階にある。入り口の郵便受けを見るとマッサージ店、金融業、輸入食材の事務所、トレーディングカードのショップなど様々な業種のテナントが入っていることが分かる。正に「雑居」というのに相応しいと、変なところで感心してしまった。そして、この雑多な感じが土地に馴染んでいるようにYさんは感じていた。

そこまで広くない事務所の片隅に置かれた印刷機に、持っていったノートパソコンを接続し、不具合の起きた箇所を確認する。予め電話でおおよその見当を付けていたのと、ディスプレイに映し出されたエラーコードは一致した。もしかしたらと持ってきた部品の交換で何とかなりそうだ。テストプリントを何度か繰り返し、作業は一時間もしないうちに終了した。

「これで大丈夫です。ただ、大分老朽化していることは確かですね」

「そうだなぁ、そろそろ買い替えを検討しんとなぁ」

嘘とも本当とも分かりかねるような言い方で、事務のRさんがそれに応えた。

「今、お茶を用意しますんで」

「ありがとうございます。ところで、お手洗いを拝借してもいいですか」

「どうぞどうぞ。階段を上って一つ上の階を右奥に進んでいくとありますんで」

Yさんは、初めてN商事に来たとき、事務所を探しながらこのフロアの奥にもトイレがあるのを見つけていた。それを何となく覚えており、作業中から尿意を感じてはいたものの、近くにあるため、終わってから行こうと考えていた。そのため、少し当てが外れたように感じた。幸い大事に至るほど切迫した状況ではなかったため、さほど気に留めることなく、礼を言って事務所を出、階段に向かった。

勧めてもらった手前、二階のトイレに行くのは躊躇《ためら》われる。多少動いたからか、尿意も事務所にいたときよりは落ち着いている。そのまま階段を上った。

しかし、間が悪いとはこのことだろう。トイレの前に向かうと、「清掃中」と書かれたプラスチック製の看板が立てられていた。清掃員に気にせずに入れるところもある。しかし、ここのトイレはそこまで広くはなさそうだ。清掃員が隣で清掃しているのに用を足すのは何だか憚られて仕方がない。使えないとなると、やむを得ない。足早に階段を駆け降りた。

二階のフロアを右に曲がり、奥に向かう。ドアを開けると、中は暗い。ドアの横にあるスイッチを入れると、天井と洗面台に設置された蛍光灯が灯った。それでも中は薄暗く、少し湿り気のある空気が漂っていた。正直、余りいい気分ではない。さっさと済ませてしまおうと思った。

扉のしまった個室三つと、朝顔と呼ばれる男性用小便器が三つ並ぶ。誰もいないので、一番手前の便器の前に立つ。最近では珍しい、上部に洗浄用の蛇口の付いたものであった。念のため少し回してみたところ、透明な水が流れた。詰まっている気配もなさそうだ。安心して用を足すことにした。

ふと、洗面台に設えられた鏡が目に入った。建物の構造によるのか、鏡は後ろの個室を映していた。

見なくてもよい、見ても大したものでもない光景であるが、何故かぼんやりと眺めていた。

いや、正しくは「何故か」ではなかったのかもしれない。閉じていたように思われたドアが、少しずつ開いていくのだ。

少しぞくりとしたものの、風か何かだろう、と思うことにした。

しかし、特に風が吹いている様子はない。というか、そもそもこのトイレには窓がない。

一度気になると、つい見てしまうのが人間の習性なのだろう。開いていくドアから目が離せない。

そして、気が付いてしまった。

ドアノブの少し下と、下から三分の一辺りのところに、節くれだった細い指先が、しっかりと掴んでいるのを。

脇の下を一筋の冷たい汗が流れる。

見なければ良かったと思っても、遅い。

恐怖心から尿の出も途切れてしまいそうなものだが、こういうときに限ってなかなか止まらない。気持ちばかりが焦る。ドアは少しずつ開いていく。

見たくないと頭では拒んでいるにも拘らず、思考とは裏腹に、鏡に映るドアと指を交互に見てしまう。

伸びた爪、皺《しわ》に覆われた土気色の皮膚。

屈むにしては低すぎる。

ドアは、三十センチほど開いていた。

中が見えてしまう。

ようやく尿を出し切ったYさんは、ファスナーを上げ、後ろを振り向くことなくトイレから飛び出した。

事務所の扉を開けると、先ほどと変わらない日常が続いていた。動悸は治まらない。

真っ青になって呆然としているYさんの様子を見て、Rさんは静かに、

「応接にお茶用意してありますんで、そちらへ」

と誘ってくれた。

応接と言っても、そこまで大きなものではないが、人がいる安心感はYさんの心に沁み

た。

ソファに腰掛け、ゆっくりと茶を啜《すす》った。

Rさんは、穏やかな口調で
「そこのトイレ、使われました？」

と尋ねた。Yさんは、嗜《たしな》められたように感じ、「すみません」と小さく答えた。

Rさんは取り立てて責めるでもなく、むしろ言葉を選ぶように、

「いえいえ、それよりあそこ、大きく立ち入り禁止って貼ってあったでしょう」

と言われたが、無論、そのような張り紙はなかった。

そこを使わざるを得なくなった事情から、そこで遭遇した出来事を、伝えられる範囲で、話すことのできる表現で話した。

Rさんは頷きながら、困ったとも驚くとも付かないような顔になった。

「あそこ、これまでにも時々、変なもんが映るって言われてたんです。でね、あるときあのトイレ使ってた人が、勢いよく鏡を割っちゃって。それ以来、鏡は置いてないんです」

Yさんは、新栄エリアの担当を外してもらい、今は金山エリアを担当している。

梅雨の夜の訪《おとな》い（名古屋市中区）

岩里藁人

あなたは、ヒトの頭蓋骨を踏み抜いたことがあるだろうか？

私は、ある。

と言っても、猟奇的な事案ではなく、限りなく不可抗力に近い「事故」だった……と信じている。その場でできる限りの謝罪（線香を手向け手を合わせるくらいだったが）をし、それが通じたのか、特に祟りや障りはなかった。

……と思っていた。A君にあることを指摘されるまでは。


順を追って説明しよう。

私がまだ二十歳前、とある大学に隣接する古アパートで独り暮らしをしていた頃の話だ。

このアパートが、なかなかの年代物だった。昭和の時代とはいえ、家賃が月一万円を切っていたのだ。

風呂ナシ、便所共用、ミシミシ軋む階段を上った二階の狭い廊下を隔てて四部屋ある六畳一間。それが我が城だった。

さて、幾ら安い家賃とはいえ、稼がなければ払えない。

私は夏休みのバイトを探した。

当時、漫画家を目指していた私は、なるべくネタが拾えそうな仕事がしたいと思っていた。

すると、友人の一人が耳寄りな話を持ってきたのだ。

その名も「埋蔵文化財発掘作業員」。

遺跡の発掘調査・記録のお手伝いであるらしい。

何とアカデミックかつ、ロマン溢るる仕事ではないか。

私は早速、当該部署に問い合わせ、申込書類を提出した。

無事に採用となり、派遣された現場は、名古屋市中心部のオアシスともいうべき白川公園だった。

現在は名古屋市美術館が建っている場所。そこに平安から江戸時代に掛けての遺構があり、建設を一時ストップして調査をするのだという。

これは「緊急発掘」と呼ばれるもので、調査後に埋め戻されて保存される「学術調査」とは異なり、遺跡は残らない。元々造る予定だった、建物や道路の工事で破壊されてしまうからだ。

ところが、その白川公園が、ベテラン調査員の方々も経験がないという、とんでもない現場だったのである。

まず、遺跡がものすごく深かった。

どうやら、江戸～室町～平安と、ミルフィーユのように遺構が重なっているらしい。

加えて、建てるのが美術館だから、地下部分の基礎工事も大規模だったのだろう。

重機を入れて、かなり大掛かりに掘り返されていた。

麦わら帽子をかぶり少しずつスコップで表土を攫っていく……というイメージとは程遠い、かなりのガテン系労働環境だったのだ。

更に……ものすごい量の人骨が出土していた。

あちらに大腿骨、こちらに頭蓋骨、火葬土葬入り混じって、老若男女の遺骨オンパレードである。

これは、この辺りの土地の歴史を紐解くと合点がいく。

徳川家康が名古屋城を中心に街造りをしたとき、白川公園の辺りは寺町だった。すなわち、墓地だらけだったのだ。

その墓地が管理されていれば問題はなかった。

ところが、時代が下って太平洋戦争の際、名古屋大空襲で一面焼け野原になってしまった。加えて、敗戦後は連合軍に接収され、大規模な「アメリカ村」が造られた。その際、墓石などはブルドーザーで一掃されたらしい。

こうして、大量の御骨が素性不明になってしまった。私はたまたま、眠りを覚まされた方々を記録する役どころに巡り合わせたものらしい。

とはいえ、そんなに抵抗は感じていなかった。何か珍しい体験がしたいと思っていたのだから、正に願いが叶えられた形である。

人骨、梅雨時の蒸し暑さ、蚊の襲来、残土処理、大変ではあったが、楽しくもあった。

考古学の先生方と交流（学術的なものではなくキャッチボール）したり、ベテラン調査員である御婦人連から菓子を頂いたり。ドローンなどなかったので、クレーン車から遺跡写真を撮るという貴重な体験もした。

そうこうするうちにも、人骨はどんどん増えていった。

骨が出てくるときは、土の色が変わるので何となく分かる。（その土が元々は何だったかは考えない）

色が変わったら、スコップの扱いを慎重にする、

しばらくすると、すっかり見慣れたドーム状の骨が現れる。縁も所縁もないであろう、江戸時代の人の骨である。

「出ました」

そう報告すると、学芸員の方が写真を撮ったり計測したりする。

あくまでも出土物なので、すぐに掘り上げて供養するという訳にはいかないのだ。

そんな訳で、現場は骨だらけである。昨日の続き——副葬品であろう壺を掘ろうと現場に向かうときも、あちらこちらに骨が見えている。

慎重に、慎重に、歩を進めていた……つもりだった。

「ベコッ」

足元で、嫌な感触がした。

踏み抜いていた。

どこの誰とも知らぬ、恐らく江戸時代の人の頭蓋骨を。

丸い頭頂部分に三センチ四方くらいの穴が開いている。

この暗闇の中には脳髄があって、百年以上前に笑ったり泣いたりした記憶が詰まっていたのだ、などと感慨にふけっていても仕方がない。

学芸員の方に報告し（江戸時代の遺骨は考古資料とするかどうかギリギリのところで、まあ数も多いし仕方ないね、という反応だったと記憶する）、御婦人連が用意していた線香を分けてもらって手を合わせ、非礼を詫びた。


その夜のことである。

私は銭湯で一日の疲れを洗い落とし、寝転んで図書館で借りた本を読んでいた。

頭上には廊下側の窓。まだ真夏ではないし、閉めていた。

カーテンなんて気の利いたものはないので、開けておくとプライバシーが丸見えなのだ。

扇風機のなまぬるい風を受けつつ文字を追っていると、突然――

「どんッ！」

と、窓が鳴った。

驚いて半身を起こすと、また
「どんッ、どんッ」と二回。

ノックの音かと思ったが、曇りガラスの向こうに人影は見えない。

「誰?」

呼び掛けてみても、返事はない。

第一、この部屋に来るときどんなに忍び足だったとしても、階段や廊下の軋む音を完全に消すのは不可能なのだ。

廊下に手首だけが浮いて、ぶつかっているような……。

脳裏に、昼間覗いた頭蓋骨の穴の暗闇が浮かぶ。

その間も、

「どんッ」

「どんッ」

と断続的に音は続く。

窓を開けて確かめるしかない。

頭では分かっていても、身体はなかなか動かせないものである。

数分、逡巡したあと、意を決して勢いよく窓をスライドさせた。

そこにいたのは——。

蛾だった。

ヤママユガの一種だろうか、優に十センチは越えそうな大きな蛾が、窓の明かりに誘われて、その太った胴を繰り返しぶつけていたのだ。

肩透かしとはこのことだろうか。

誰も見ていないのに、照れ隠しにその場でクルクル回ったのを覚えている。

以上、長々と御清聴頂きましたが、梅雨の夜の訪い、お粗末の一席でございました。

——というのが、怪談体験を持たない私の十八番だった。

聞かされた人が、な〜んだと苦笑いを浮かべるまでがワンセットである。

ところが、とある集いでこの話をしたとき、A君だけが腑に落ちないという表情を浮かべていた。

不思議ですね、と真剣に言うので、いやいや蛾ですよ、光に集まる走光性の話ですよと説明すると、問題はそこではないと言う。

「どうして、その夜だけだったんでしょうね」

A君の疑問は、同じ部屋で同じことをしていれば、もっと頻繁に起きてもいい現象ではないか、というものだった。

確かに、私はあのアパートで二度ほど梅雨を迎え、毎晩同じように本を読んでいた。

暗闇に窓の明かりが一つ。

蛾だって、幾らでもいただろう。

しかし、私の記憶に残るかぎり、夜に窓をノックされたのは、頭蓋骨を踏み抜いたあの日の晩だけだった。

た、たまたまじゃないかな?

……そう言いながらも、脳裏には、廊下に浮かぶ手首だけの訪問者のイメージが甦っていた。

軍需工場

（名古屋市熱田区）

加上鈴子

その音を聞いた男は、自分の勤める会社が昔、熱田空襲によって多くの犠牲者を出した場所だとは、知らなかった。

「熱田空襲」とは、第二次世界大戦が苛烈を極め日本が追い込まれ、最後の灯火を消そうとしていた頃に浴びせられ踏みつけられた、いわば蹂躙《じゅうりん》の空襲であった。

千九百四十五年、六月九日。

いつの日も空襲の空は、晴れ渡っていた。

その工場で開発、製造されていた美しい道具は、戦火を駆け回り存分に性能を発揮していた。技術者たちの、たゆまぬ努力の結晶であった。

が、人を殺す道具である。

いつかは、このような目に遭うことは分かっていた。それでも、そのときの人々は油断していた。百三十機もの敵機体が上空を通り過ぎ、空襲警報が解除されてから、一時間も経ってからだったのだ。まさか、そのうちの四十機がわざわざ引き返してきて、名古屋を襲うなどとは。

犠牲者は二千人に及んだという――。

平成の若者が、歴史ある会社の一員になれたことに喜びを覚えたのは、入社日だけだったかもしれない。どんな華やかな職に就けるかと思いきや、製造業の、しかも資材調達管理業務などという大仰な職務だが、いわばただの倉庫番だったのだ。

商品が滞りなく製造されるよう、余剰在庫がないように調整するのが彼らの仕事である。彼らの仕事場は、製造現場の一角に建っている小さな事務所で、日々、現場スケジュールの調整に明け暮れていた。急な受注に間に合わせるため残業を余儀なくされたり、そうかと思えば急なキャンセルで下請け業者に謝罪をしなくてはならなかったり。

一人で行う業務ではない。管理業務に携わる人員は十人ほどおり、交代制にもなっていて、現場の状況は常に皆で共有している。が、共有しているからこそ、お前やっといてくれよと頼まれると断れない局面もある。

深夜一人で、先輩業務の狂ってしまった作業工程を、計算し直しパソコンに叩き込んでいるときだった。

気のせいかと、ふと手を止めたときだ。

ザッザッザッ……という、テンポを揃えて歩く音が、耳に入ってきた。複数人の足音。集団。しかも。

「ぜんたーい、前へ!」

そんな声まで上がった。

聴いただけで、そうと分かるも、そんな集団が現場にいる訳がない。こんな深夜に。

だが、ここで造っていた戦争兵器の歴史そのものは、入社したときに聞かされて知ってはいた。だから、すぐに連想できた。

行軍。

足音は、足音だけであり、近付いてきたりドアを開けたりしてくることもなく、遠ざかる。遠ざかったため、余裕ができた。彼は、そっとドアを開けた。

しかし、そこに姿はなかった。

音だけだった。

ドアを閉めたときには、もう、行軍の足音も消えていた。彼は思わず音の聞こえた方向に、手を合わせた。


彼は、特には霊感がないそうで、後にも先にも聞こえたのは、この一度きりだった。が、職場の先輩に話したところ、熱田空襲のことを教えてくれたそうだ。彼に限らず他の社員も、行軍の足音を聴いているそうである。

それだけに、そんなほうでも聞こえたのかという行軍の音が、どれほどの無念を遺して去った方々だったのかと思うと、気の毒な気持ちになってくる。

集団での足音ということは、集団で皆が霊になっているのか。それとも、その頃の想いだけが、その地に留まっているものなのか？

もしくは、その土地そのものが持っている記憶なのか。

名古屋空襲は何度もあったが、その中でも熱田空襲だけが特別に、熱田空襲と呼ばれる。それほど被害が甚大だったということだ。

尚、平成の彼は、今なお立派にその会社に勤めており、六月九日の朝は必ず、手を合わせている。

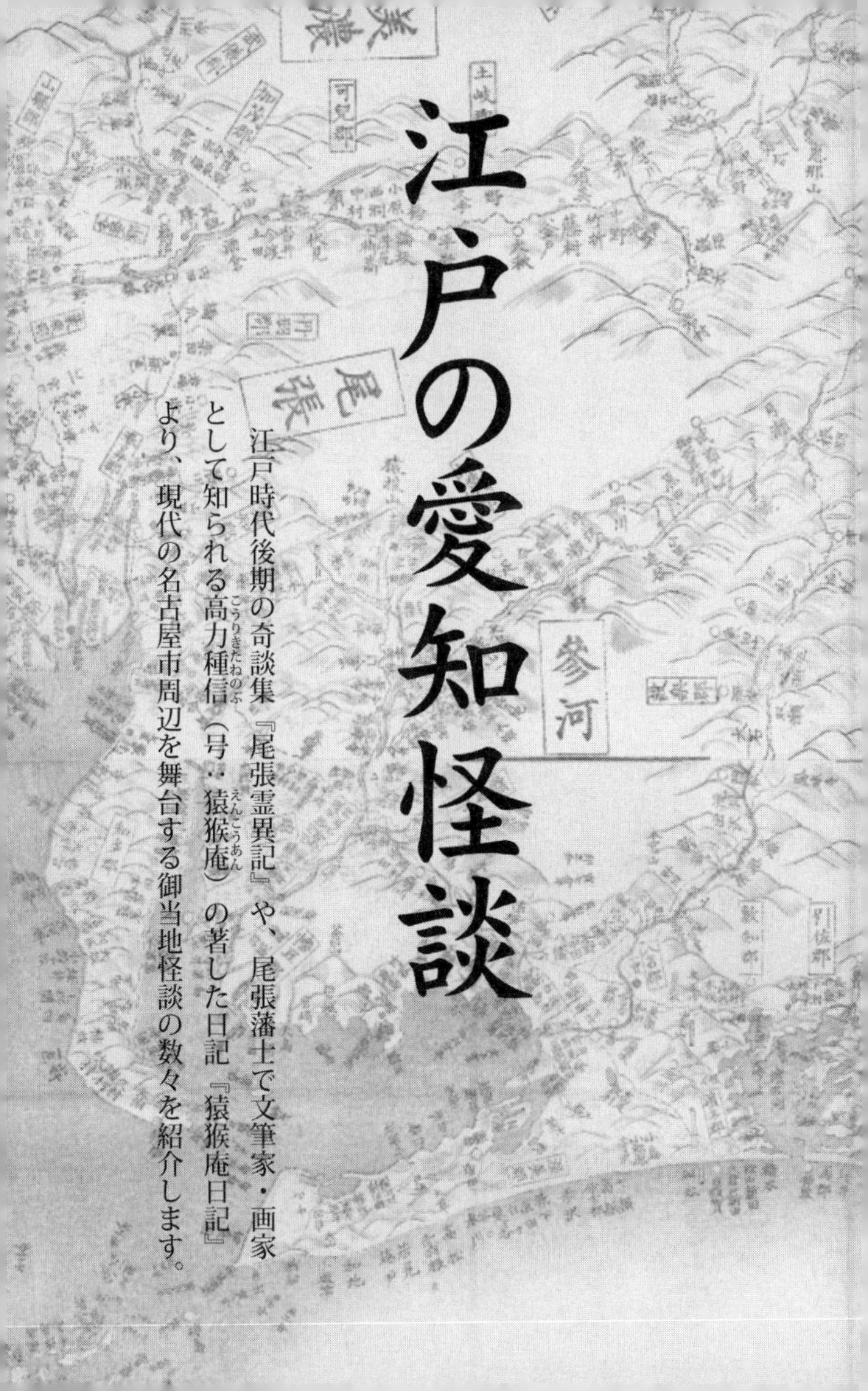

江戸の愛知怪談

江戸時代後期の奇談集『尾張霊異記』や、尾張藩士で文筆家・画家として知られる高力種信《こうりきたねのぶ》（号：猿猴庵《えんこうあん》）の著した日記『猿猴庵日記』より、現代の名古屋市周辺を舞台とする御当地怪談の数々を紹介します。

あかい（名古屋市中区）

島田尚幸

最近では、海外での研究成果も入るようになり、医療技術も進歩してきた。

これまでは治すことが難しいとされた疾病の中にも、治療の萌芽を見出せるようになってきたものもある。

前世の因縁や、宿業によるものではなく、疾病によるものであれば、もしかしたら、と思うようなことは少なくない。


Iさんから聞いた話である。

呉服町に住むAさんの元に、ある一人の女が奉公していた。

色白で、大層美しいと周囲でも評判であったものの、彼女には一つ、奇妙なところがあった。

夜、眠っていると、全身が朱くなる。

「うっすらと赤みを帯びている」なんて易しいものではない。

まるで朱色の塗料をぶちまけかのような有様なのである。

全身から出血した状態で倒れている、と思ったほうが、想像し易いかもしれない。

恐ろしい、恐ろしくないの比ではない。

ほぼ毎晩眠りに就くと、こうなってしまう。

しかし、朝起きたら、元の肌の色に戻っている。

だから、問題なのだ。

もしも、誰からも注目をされなければ、彼女はむしろ平々凡々と生きられただろう。

しかし、彼女はとても美しい。

美しいどころか、器量も良い。彼女に想いを寄せる者は後を絶たない。

永遠の愛を誓う。一生を添い遂げる。そんな言葉を伝える者も数知れなかった。

そして、そのたびに裏切られてきた。もう騙されまいと思っても、昼間の姿しか知らない男たちは、熱烈に彼女を求める。「今度こそは、この人こそは」と思い、婚姻を結んでも、
結局、離縁を告げられる。

正妻としてでなく、愛人として迎えられたこともあった。

それでも、二、三年のうちに別れを切り出されてしまった。

結局、勤めを辞めて実家に戻り、一人で暮らしていたらしいが、今となってはどこで何をしているか分からない。

彼女は、山姥であったのではないか、と噂する者もいたようである。

「睡眠中満身朱を塗りたるごとくなる女」『尾張霊異記』

約束（名古屋市中区）

島田尚幸

つい最近、接骨を生業とするAさんが、大きなすっぽんを買ってきた。生きた状態で吊し、その肉を包丁で削ぐ。切ったそばから煮えたぎる鍋に入れ、食べた。そのせいかどうかは分からないが、Aさんはおかしくなって、死んでしまった。

そんな話を聞いて、思い出した話がある。

今から、四、五十年ほど前のことである。

市中に「魚の棚」と呼ばれる魚問屋が居並ぶ地域がある。そこに、主にすっぽんを扱う問屋があった。

あるとき、ひょんなことで包丁を井戸に落としてしまった。大事な商売道具である。何とかしなければならない。しかし、井戸の底は暗く、深い。取りに降りるにも難儀である。

そこで、主人は一計を案じた。主人はその日、店にいたすっぽんの中でも、とりわけ大きなものを選び取り、それに向かって語りかけた。

「落とした包丁を拾ってきたら、お前の命は助けてやる」

主人はすっぽんを縄で縛りつけた籠に入れ、井戸の底へとするすると下ろした。

しばらくするとすっぽんは、主人の言いつけ通り包丁を口に咥え、籠の中へと戻った。

主人は狂喜し「よくぞ成し遂げてくれた」と感謝の言葉を述べながら、その籠を引き上げた。

しかし、重なるときは重なるもの。大口の客から「立派で、美味いすっぽんが食べたい」との注文が入った。主人は取りあえず理由を付けて、断るつもりであった。ところが、客が店に来て件のすっぽんを見るや、売値を遥かに超える金額を提示した。心が揺らがざるを得ないような額であった。

相手は禽獣《きんじゅう》どころか、すっぽんである。包丁を咥えてきたのも、恐らく人語を解したのではなく偶然だ。

そう、思うことにした。

後ろめたさは一切なくなった、といえば嘘になる。しかし主人は、客にすっぽんを売った。

その、二、三日後、主人は高熱を出し、狂乱した。全身を地面にべったりと密着させ、四肢を擦り付けて這い回る。挙げ句の果てには、縁の下に這い潜り、よほど気に入ったのか出てこなくなってしまった。

そして、何日も経たないうちに死んでしまった。

すっぽんが取り憑いたのだと噂する者もあった。実際に憑依することがあるかどうかは分からない。しかし、生きたまま捌いたり、約束を破いたり、残酷な所業に対する仕打ちというものは、あるのかもしれない。

「鼈に殺さる」『尾張霊異記』

夏の慰み（瀬戸市）

島田尚幸

瀬戸に住む医師、Aさんから聞いた話である。

文化年間のことである。瀬戸に住む農夫にまつわるもので、名前は定かではないため、ここでは仮に、Bさんとしておこう。

Bさんには、幾分か変わった癖があった。彼は暑くなってくると、小さな竹を斜めに切り、その周りで捕まえた蛙を突き刺すことを好んで行っていた。Bさん曰く、「夏の慰み」らしい。

何度も、何度も、腹を突き抜かれ、手足をばたつかせて苦しむ蛙。その様子のを見るのが、どんな娯楽よりも楽しかったのだ。

中には、親切心から注意するものもいたのだけれど、Bさんは一向に聞く耳を持たず、そのうち誰からも忠告されなくなった。

ある日、村の祭りで集まった友達五、六人と、連れ立って兎を獲りにいくことになった。

元々Bさんは、山や森で狢などを捕まえては里で売り、小遣い稼ぎをするほどのベテランである。兎を獲るなど、造作もないことだ。余裕すら感じさせていたBさんであったが、この日は様子が違った。兎を追いかけている途中、普段であれば決して転ばないようなところで転倒してしまったのだ。このとき、傍の樒《しきみ》の切っ先が、Bさんの横腹をずぶりと貫いた。

慌てて友人たちが集まり、Bさんを抱き起こした。腹から下は赤く染まり、突口からは、腸の一部がはみ出している。

友人たちはBさんを背負い、急いでAさんの元に連れてきた。しかし、Aさんは、常に患者が運ばれるような都市部の医師ではない。経験も乏しければ、知識も古い。正直なことをいうと、収め方が分からない。仕方ないので、傷口から無理矢理押し入れようと試みた。少なくとも、はみ出ているのであれば、戻すのが道理である。懸命に押し戻そうと試みたものの、広がる傷口から更に、腸が出てきた。恐らく、腸の半分余りが出てしまったのではないだろうか。Bさんの苦痛はいよいよ耐えられないものとなった。

Aさんは自分の手には負えないと判断し、Bさんを駕籠《かご》に乗せ、名古屋の市街へと向かわせた。

しかし、瀬戸から名古屋までは二十キロは離れている。途中で腸のほとんどは出、駕籠の揺れも重なり、激しい苦痛の中でBさんは死んでしまった。

「自業自得とはいえ、浅ましい業ですよね」

Aさんは、感慨深げにそう結んだ。

「蛙を突きさすを楽しみとせし男の非業の最期を遂げし事」『尾張霊異記』

噂話（名古屋市西区・清須市）

島田尚幸

長者町に、Hさんという腕の良い石臼職人がいた。

弟子も多く、店も大層繁盛していた。Hさんは兄弟がおらず、父も早くに亡くしていたため、母親と二人暮らしをしていた。Hさんは母親思いで知られ、常々孝行を怠ることはなかった。

しかし、この母親がなかなかに癖の強い人物であった。元々清洲の名家の生まれで、幼い頃から召し使いが身の回りのこと全てをしてくれていたらしい。生まれついての性格もあってか、その振る舞いはわがまま極まりないものであった。食事のたびにあれこれ難癖を付けてはくどくど悪態を吐くため、共に食事をしようにも、到底楽しめるようなものではなかった。使用人たちは、朝は午前四時過ぎに起こされ、夜はと言えば、零時を過ぎてもあれこれ仕事を言いつけられる。暑かろうが寒かろうが全くお構いなしで仕事を言いつけるため、勤め人も一年は愚か、半年も経たずに暇を申し出たり、或いは親が病気だ、私事都合でなど、様々な理由を付けて休職したりするものばかりであった。雀の涙ほどの金で酷使される上、いざ辞めるとなっても、勤務期間が一年に満たなかったもの、自らの都合で辞めるものに関しては、たとえ挨拶に訪れたとしても、一文足りとて払うことはなかった。ブラックもいいとこ、である。

それればかりか、こんな話もある。

Hさんが幼い頃、彼の許嫁として名家から息女を貰い受け、養育していた。しかし、その娘は幼くして死んでしまった。それだけであれば、悲しい話となるところだが、実は、一度のことではないという。少なくとも三人は亡くなっている、という話だ。周りには「急な病により死んでしまった」と言ってはいる。しかし、どうやら娘の親元から莫大な金銭を毟《むし》り取った挙げ句、二、三カ月もすると食べ物に毒物を混入したり、或いは腹に釘を打ったりして殺害しているらしい。そんな噂が町には流れていた。

「いずれ天誅が下るだろう」そう囁く者もいたという。

噂は噂を呼ぶ。次第に人の集まるところにいけば、後ろ指を指して「鬼婆、鬼婆」と悪し様に罵られるようになっていった。

ある年の、春を迎えた頃のことである。

誰がどのような理由で言ったか定かではないが、「長者町石臼屋の鬼婆、今年の七月十六日、雷に取られる」という噂が俄に広がった。何の根拠があってそのような噂が流れたのかは、分からない。しかし、噂とは元々そのようなものなのだとも思う。一度流れた噂はじわじわと、波紋が広がるが如く、巷間に伝わっていった。

幸いなことにというべきか、人徳がそうさせたのかは分からないが、孝行息子と評判のHさんに対しては、そのような噂を告げる者は誰一人としていなかった。月日はあっという間に過ぎ、気付けば七月十四日。先にも述べたが、Hさんの母は清洲の生まれで、生家はHさんの甥が継いでいる。誰も彼も盆の期間中は実家へと帰省する。Hさんの母親も十四日には清洲に帰ることとなった。Hさんとは十六日には必ず迎えに来るよう託けて、短い期間ではあるが、実家に逗留することとなった。

約束の十六日を迎えた。Hさんは朝から支度をし、母親を迎えにいった。天気も晴れ渡っている。小旅行のようで、気分も良い。

迎えを待っていた母親も、馬を仕立ててもらい機嫌が良い。甥のHSさんと、Hさんを付き添わせ、一路名古屋へと向かった。

清洲から名古屋に至る途中に「びわじま」というところがある。

青果問屋が多く並び、そこで買われた青果は傍を流れる川を下り城下へと運ばれる。川には「びわじま橋」と名付けられた大きな橋が架かっていた。Hさんたち三人が、橋のちょうど真ん中辺りに差し掛かったときのことである。この日は、とても暑く、周囲の草木が焦げ、橋板ですら燃え落ちてしまうのではないかと思われるくらいであった。抜けるような青空が広がる中、雷が落ちた。

眩い光に目が眩み、何が起きたのか、皆目見当が付かない。ようやく目も落ち着き辺りを見渡すと、馬の上に乗っていたはずの母の姿がない。Hさんたちは「雷を恐れ、川へと飛び込んだのではないか」と考え懸命に探した。しかし、川の中にも母の姿はない。Hさんたちはとうとう、母親の姿を見つけることはできなかった。

噂は町中に広がった。文字通りの青天の霹靂《へきれき》に皆驚き、戦慄した。

依然として母親の姿を見かけたものはいない。Hさんも、HSさんも只々呆然とするしかなかった。藁にもすがる思いで心当たりのある場所や人を訪ね探したものの、行方は一向に分からない。やがて、それぞれの家へと帰った。

四、五日が過ぎた。猿投山の中腹辺りに、椹《さわら》の大樹が一本ある。その右側の枝に、Hさんの母親が引っかかっているのを木樵《きこり》が見つけた。木樵は一目見て、彼女が生きていないことを察した。彼女は爪先から頭まで二つに裂かれた状態で、逆さまに吊されていたのだ。木樵はそのままにしておく訳にもいかず、土地の名主に訴えかけた。見聞の結果、やはりHさんの母親であることが確認された。不審死であるにも拘らず、名主は、上への報告には及ばないだろうと判断した。
亡骸はHさんの元に送られ、懇ろに葬られた。

「俗称鬼婆八つ裂となる」『尾張霊異記』

切り刻む（名古屋市守山区）

島田尚幸

永年、医師を務めたTさんから聞いた話である。

文化年間のこと、小幡村にU氏という豪農がいた。名前こそ忘れてしまったが、U氏の息子が、召し使いの女と恋仲になった。

それを知ったU氏は、召し使いと交際するなど言語道断、何としてでも相応しい嫁を貰わなければという思いに駆られるようになった。

そこでU氏は弁の立つ知人に頼み、息子を説得してもらうことにした。人の心は移ろいゆくもの、息子もその言葉に最初は戸惑いを覚えつつも、次第に父の考えを受け入れるようになった。一度離れた気持ちは、簡単には取り戻すことは難しい。段々とこの女を雑に扱うようになり、やがて二人の関係も半ば強制的にではあるが、終わっていった。

U氏はこのことを大層喜んだ。そして、いよいよ増して、縁談の口はないかと探し回るようになった。

一方で、たとえ関係を断ったとはいえ、女をそのまま家に置いておく訳にもいかない。もし過去のことが知れると、たとえ相応の縁談が来たとしても、遠のいてしまう恐れがある。そうでなくとも、若い二人のことである。焼け木杭《ぼっくい》に火が点く可能性もないとは言い切れない。強制的に辞めさせて、と思ってはみたものの、相応の理由もなく辞めさせると後が厄介である。だからと言って、「息子にお前よりも良い嫁を娶るため」など、事情を明らかにする訳にもいかない。そんなことをしようものなら、尚更大事になることは目に見えている。

そこで、U氏は一計を案じた。女の父を密かに呼び寄せ、ことの子細を説明した上で、金を握らせることにしたのだ。女は元々貧しい家の出であった。そのため、父はU氏からの申し出を大いに喜び、受け入れた。

それから数日後、父から女の元に「母が病気を患っている。休みをとってすぐに家に戻ってきてほしい」との便りが届いた。女は大いに驚いた。しばらくの間の休職を願い、取るものも取りあえず、只々実家へと急いだ。もとよりU氏と父とで示し合わせたこと、取り立てでこともなく進められた。

程なくして、上宿辺りから縁談の話があり、それを取り持ったのが、Tさんであった。

あれよあれよという間に婚姻が整い、二人は仲睦まじい夫婦となった。

　嫁の実家と、U宅のある小幡村の間には、そこそこに距離がある。行こうと思っても簡単に行ける場所ではない。婚礼を挙げ、二十日ほど過ぎ、ようやく、U氏と夫婦は初めて嫁の実家に訪れることができた。慣れない場所で新しい生活を始め、久々の帰郷である。嫁がしばらく逗留することにU氏も息子も異存はなく、二人はその夜のうちに帰ることになった。

　二人が帰るのを見計らって、嫁は両親に「離縁をさせてほしい」と願い出た。父母が仰天するのも無理はない。娘夫婦はどう見ても、似合いの夫婦であったのだ。汚い言い方だが、財産も嫁の家に比べ、ずっと豊かである。召し使いもいて、何の不自由もない暮らしをさせてもらっているのに、一体どういうことなのだ、と尋ねるのも無理はない。

「確かに、私の生活は恵まれて、きっと何不自由なく暮らしているように見えるかもしれません。ですが、毎晩毎晩、夫は夢とも現実ともなく何かを口走り、うなされるのです。その姿を見るたびに、私は全身が総毛立ち、言い表すこともできないくらい恐ろしく、いつも気を失ってしまうのです。そして、朝になると、夫はけろっとした顔で何事もなかったかのように振る舞うのです。それがこの先も続くのかと思うと恐ろしくて、恐ろしくて」

嫁は涙を流し、切々と訴えた。

「いつ終わるとも分からない、このような恐ろしい苦しみに、私はもう耐えられません。それでも尚、離縁を許してもらえないのであれば、私は本気で自らの命を絶つつもりで考えています」

二人はこれほどまでに追い詰められた娘の姿を初めてみた。決して嘘を言っているのではない、恐らく何かあるに違いないと思い、媒酌人であるTさんの元を訪れた。Tさんは命を重んずる人である。何においても娘の命には変えられない。相談の末、離縁の準備を整え、その数日後、Tさんは早朝からU宅に向かった。

その日の明け方のことである。

U氏の名を大声で呼ぶ声が、息子の部屋から聞こえてきた。U氏が何事かと駆けつけると、そこには真っ赤に染まった息子の姿があった。彼は、腹から脇に掛けて深く切り開かれた傷口から内臓をくり出し、更にそれを脇差しで細かく切り刻んでいた。

U氏に向かい、普段の息子とは異なる表情を浮かべ、こう告げた。

「一度の説明もないまま、無碍《むげ》に親元に帰された恨めしさ。この男が助かる見込みがないよう、腸を細切れに切り離してくれよう」

その声は、追い出した女のものであった。

U氏は驚きの余り、呆然としたが、正気を取り戻すや、すぐさま家中の人間を呼び起こし、応急手当てを試みた。

ちょうどその機に、TさんがU宅に来たのだった。

U氏にとって、地獄に仏とは正にこのことである。Tさんにことの次第を伝え「何とか助けてほしい」と懇願した。

そうは言っても、既に腸がずたずたに切り散らかされている。助かる見込みはない、と正直に申し伝えた。U氏も無理な願いであることは分かっていたのだろう。

「たとえ命は助からなくとも、せめて……せめて、腸を腹の中に収めた姿で最期、送り出してやることはできないだろうか」

U氏は慟哭《どうこく》して訴えた。

気持ちを汲んだTさんは、すぐに外科の心得のあるN医師を呼んできてもらうよう、U宅の召し使いに託けた。N医師は早朝であるにも拘らず、すぐに駆けつけた。何とか治す方法はないかと相談したものの、やはりN医師の見解はTさんの見立てと変わらないものであった。

誰が見ても、助からないことは目に見えていた。

正直なところ、これ以上の苦痛を与えるのは避けるべきである。そうは言っても、少しでも元の状態に戻してもらいたい、との思いも分からなくはない。焼酎で患部を洗い、腸を収めながら、できる限りの縫合を試みる。幸い、苦痛を訴える様子は見られなかった。

一通り、縫合が終わり、閉腹したところで、息子は息を引き取った。

「私には、騙され、仲を裂かれた女の怨念によるものに思えてなりません。恐らく女は、既にこの世にはもういなかったのではないのでしょうか」

Tさんはそう、私に語った。

「女の怨、男を自滅さす」『尾張霊異記』

百足千匹万難億懲（名古屋市中区）

岩里藁人

江戸時代末期、名古屋近辺がまだ「尾張」と呼ばれていた頃、一人の規格外な藩士がいた。名を高力種信《こうりきたねのぶ》、またの名を高力猿猴庵《えんこうあん》という。馬廻り役三百石だったというから、まずまずの高給取りだ。

現在の中区栄一丁目辺りに、住居跡を示す標札が建っている。一見、一等地のように見えるが「尾張名古屋は城でもつ」と言われるように、尾張藩は名古屋城を中心に造られた街だ。重臣ほど城に近い屋敷を与えられるという当時のシステムからすると、かなり遠い。彼は、出世から外れた斜陽の武士だったと言えるだろう。

だが、猿猴庵の本領はそんなところにはなかった。

この男、規格外の好奇心の持ち主であり、記録魔だったのである。

猿猴庵は文筆家であると同時に、絵も巧みであった。

もちろん本職の浮世絵師ほどではないが、目の前の情景を写し取るテクニックに優れ、今でいう写生、スケッチの達人だったのだ。

東に祭りありと聞けば飛んでいき、西に秘仏開帳ありと知れば駆けつけて、その特技を生かして数多くの記録を残している。

かの葛飾北斎が尾張を訪れ、自著の宣伝のために本願寺名古屋別院（西別院）で大達磨を描くというパフォーマンスを行ったときの一部始終も、『北斎大画即書細図』という本にまとめられ、当時の生き生きとした情景を今に伝えている。

現代に生きていれば、ＳＮＳや動画サイトの人気者だったかもしれない。

彼はまた、物心付いてから七十五歳で没するまで、膨大な日記を付けていた。

持ち前の旺盛な好奇心を発揮して、当時の災害や事件（心中や殺人）、演劇や見世物の感想などを書きとめているが、その中に奇妙な話、今でいう都市伝説や怪談めいたものも含まれている。

例えば、こんな話だ。

安永六（一七七七）年四月のこと。

とある家が、屋根の葺き替えを行った。当時のことなので、茅葺《かやぶ》きである。

下働きの女が一人、古い茅をせっせと竈《かまど》に放りこんで、処分していた。

すると、周辺に異様な臭いがたちこめた。

何事かと、燃えさしの茅を引き出してみると、中から半焦げの大きなムカデが出てきた。

六寸（約十八センチ）あったという。

気味悪がった家の者たちが、殺生するな、助けてやれと言ったのも聞き入れず、その女は「ナンノソノ」と再び竈に戻して焼き殺してしまった。

何とも豪儀な話だが、それで終わりではなかった。

翌日、再び、古茅からムカデが出てきたのだ。

女は、それもまた焼き殺してしまった。


さて、次の日の朝。

女は身だしなみを整えようと鏡の蓋を取った。すると……

ぞろり。

焼き殺したのと同じくらいの大きなムカデが、はい出してきた。

思わず後ずさると、何かを踏んだ。

固く、長く、冷ややかなもの。いや、ものたち。

部屋を見渡すと、畳と言わず襖と言わず天井と言わず、大小様々なムカデが這い回っていた。

魂消《たまげ》るような悲鳴を聞いて駆けつけると、そこには……

　　　　　　　　　　　百足百足　　　　　　　　　　　　　　　百足

　　　　　　　　　　百足百足　　　　　　　　　　　　　　　　百足

　　　　　　　　百足百足百足　　　　　　　　　　　　　　　　　百足

百足百足　百足百足百足百足百足百足百足百足百足百足百足百足百足百足

百足百足百足百足百足百足百足百足百足百足百足百足百足百足百足　　　　　　　　　　　百足

百足

百足百足　百足百足百足百足百足百足百足百足百足百足百足百足百足百足百足百足

　　　　　　　　百足百足百足百足

　　　　　　　　　　　　　　百足百足

　　　　　　　　　　　　　百足百足

頭から手足の先までびっしりとムカデに覆われた女が倒れていた。

女は正気を失い、暇を出されて実家に戻ったという。

「その末のこと、沙汰なし。不思議なることなり」

猿猴庵はそう結んでいる。

「猿猴庵日記」安永六年（一七七七）四月
名古屋叢書　第十七巻　風俗芸能編2（愛知県郷土資料刊行会）

江戸のファフロツキーズ現象（名古屋市中区）

岩里藁人

「ファフロツキーズ現象」という言葉もすっかり人口に膾炙《かいしゃ》して、最近ではむしろ「人口に膾炙」のほうがレアな表現かもしれない。

「怪雨」とも呼ばれるように、本来降るはずのないもの――魚とか蛙など――が上空から落ちてくる現象のことである。

これは古くからあったもののようで、「猿猴庵日記」にも、しばしば記録されている。

例えば、文化十年七月には、雷雨のあとアナゴのような怪魚が落ちてきて往来の人に飛びかかったとあるし、安永八年十月には八事や知多方面に「甘露」（水に浸した灰状で舐めたら甘かったらしい）が降ったと記している。

これらは、鳥の落とし物や気象現象として説明が付くものかもしれない。

また、流言飛語の常として、誇張された可能性もあるだろう。

しかし、文政五年に猿猴庵自身が実見したというケースは、それでは説明の付かない、極めて奇妙なものだった。

文政五年九月三日、未の刻頃というから午後二時過ぎのこと。猿猴庵が、橘町の妙善寺辺りをぶらついていると、しきりに「妙だ、妙だ」と声高に騒いでいる人々に出くわした。

何事かと尋ねると、寺の境内に生えた一本の松を指さす。

「あの松の天辺ら辺によう、おかしなモンが引っ掛かとったんだわ。
それがおみゃあ様、何だったと思やあす？
何と……布団だわ。
空から布団が降ってきてよう、ふわあと広がったんだげな。
こんな風もにゃあ日に、そんなことあるきゃあも？
おそがい話だがや」

現代標準語で解説すると、

「風もないのに空から布団が降ってきて、松の木の高いところにまるで敷いたように広がった」というのだ。

下ろして調べてみると、「町内の何屋とかいふ家」の持ち物であることが判明した。

特に強風が吹いていた訳でもないのに「実にあやし」、と猿猴庵は感想を述べている。

ちなみに、「橘町」は二代尾張藩主徳川光友が名付けた由緒正しい地名で、現在も名古屋市中区橘として残っている。妙善寺も現存するので、もしかしたら件の松もまだ見ることができるかもしれない。

「猿猴庵日記」文政五年（一八二二）九月三日
日本都市生活史料集成　四　城下町篇2（学研）

透明怪獣、現わる！（名古屋市中区）

岩里藁人

あなたは、ネロンガという怪獣を見たことが――いや、見なかったことがあるだろうか？いささかトリッキーな問いかけになったのは、このネロンガという怪獣が「透明怪獣」と呼ばれ、餌である電気を吸収するとき以外は姿を確認できないからである。一九六六年に放映された特撮番組『ウルトラマン』に登場した怪獣で、二〇二二年公開の映画『シン・ウルトラマン』でも再登場を果たしているので、御記憶の方も多いのではないだろうか。

この透明怪獣が、江戸時代の名古屋城近くに姿を見せた――いや、見せなかったという記録を、猿猴庵が残している。

文化から文政に改元されたのが四月二十二日なので、その直後の六月末のことである。七間町一丁目から三丁目に掛けて、「あやしき足跡」が見つかった。赤土が黄色っぽく変色し、それが三丁（約三三〇メートル）に渡って、点々と残されていたというのだ。

早朝のことだったらしく、猿猴庵が現場に駆けつけたときには、既に多くの人々に踏み荒らされてほとんど消えてしまっていた。それでも、何とか確認できた二つの足跡に紙を当て、その形を写し取った。

猿猴庵の日記には、簡略ではあるがその図が描かれている。

それを見ると、三角に尖った指が三又に分かれていて、驚くほど怪獣っぽい形だ。そう、大伴昌司監修の怪獣図鑑に載っていても、全く違和感がないと思わせるほどに。

更に、その近所に住む知り合いの武士宅に寄り、彼が持ち帰ったという変色した土の一部を譲り受けたことを、嬉しそうに報告している。

さて、足跡の話はひとまず置いて、この日はもうひとつ、奇妙な事件が起きていた。

現場は、七間町より更に名古屋城に近い大津町一丁目。

片端の御土井（名古屋城の周囲に造られた土の垣）の松が、何者かによってへし折られていたのである。

これもまた、猿猴庵は実見している。

彼の観察によると、それは枯れて空ろになった古松ではなかった。

瑞々しい若松が、ねじ切られたようにお堀に落ちかかる無惨な姿を晒していたのだ。

前夜、この辺りは風の音が強かったものの、生木を倒すほどだったろうかと猿猴庵は疑問を呈している。


折れた松と、そこへ向かうかのように残された謎の足跡。

「七間町に竜が降り、町中を通り抜けてお堀の松から空に昇ったのだ」

という風説があちこちで囁かれた。

風説。すなわち「見た」者は誰もいなかった。

七間町一丁目〜三丁目から大津町一丁目というコースは、現在の地図でいうと、繁華街である錦（にしき）からお役所街である丸の内を通って名古屋城へ向かうルートである。

名古屋城を中心に区割りされた江戸時代におけるメインストリートと言ってもよい場所だ。

そんな人口密度が高い場所にも拘らず、誰もそれを「見なかった」のだ。

常識的に考えると、折れた松は突風（竜巻）によるものだろう。

犯人が風であるならば、目撃者がないのも頷ける。

では、足跡は？

松が折れたのを見つけた者のイタズラだろうか。

皆がまだ寝静まっている早朝、赤土を削って黄色い土を詰める、或いは変色するような物質を撒く。三百三十メートルの間、幾つも幾つも。

不可能ではないかもしれない。

しかし、愉快犯にしては手が込みすぎているように思える。


もう一度、足跡に戻ろう。

猿猴庵は、「あやしき足跡」について更に詳しく調査している。

足跡の間隔は約十間（十八メートル）であった、と。

歩幅の目安である「身長の四十五パーセント」で計算すると、身長は約四十メートルということになる。（透明怪獣ネロンガの身長は四十五メートル）

もっとも、これは二足歩行の人間の場合の計算式であって、四足獣に当てはめるのは少々強引かもしれない。しかし、野犬やクマのようなサイズでないことは明らかだろう。

『四十メートルの「目には見えない何か」が、尾張の中心地を移動し、名古屋城のお堀の松をへし折った』

江戸時代の人々がそう語りあっていた、と猿猴庵は書き記している。

最後に一つ、豆知識を。

『ウルトラマン』劇中で、ネロンガは江戸時代にも現れ、村井強衛門（むらい　つよえもん）という武士に退治された――というエピソードが語られるのだ。

製作スタッフが「猿猴庵日記」を読んだ可能性は限りなく低いだろうし、猿猴庵もネロンガ退治はしていない。

それでも、ここに、虚と実が絡み合って醸される、一種奇妙な香気を嗅ぎ取ることができるのではなかろうか。

「猿猴庵日記」文政元年（一八一八）六月二十五日
名古屋叢書三編　14　金明録（名古屋市教育委員会）

水妖（名古屋市瑞穂区）

岩里藁人

現在の名古屋市瑞穂区田光町に、田光が池という水鳥の集う格好の狩り場があった。

文化二年四月、ここで尾張藩士・成瀬豊前が鷹狩りを行った。

鷹狩りは家康が好んだこともあり、江戸時代の武士の間では人気の、今でいうアウトドアスポーツであった。


鷹匠の放った鷹が、ゴイサギに狙いを定めて襲いかかる。

ところが、二羽は、もつれあいながら池に落ちてしまう。

慌てた鷹匠が、後を追って池に飛び込む。

しかし、池の表面には藻が繁茂していて手足に絡みつき、鷹匠は溺れてしまう。

それを救うべく、中間（武家奉公人）が向かうが、その姿も消えてしまった。

こうなっては鷹狩りどころではない。

近辺の人々も総出で船を出しての大捜索となった。竿を持って、絡み合った藻をかきわけ、かきわけ、二人の姿を探す。粘りつくような水は濁り、なかなか見つからない。

ふと、濁りが治まった水底に、奇妙なものが見えた。

「水底に箕《み》ほどの口を開きし物有、目は鏡の如く也」

大口を開けて、目をらんらんと光らせた異形のモノは、それ以上の悪さはしなかったのか、間もなく二人の死体が上がったという。

「猿猴庵日記」文化二年（一八〇五）四月二十八日
日本庶民生活史料集成　第九巻（三一書房）

名古屋の怪

その二

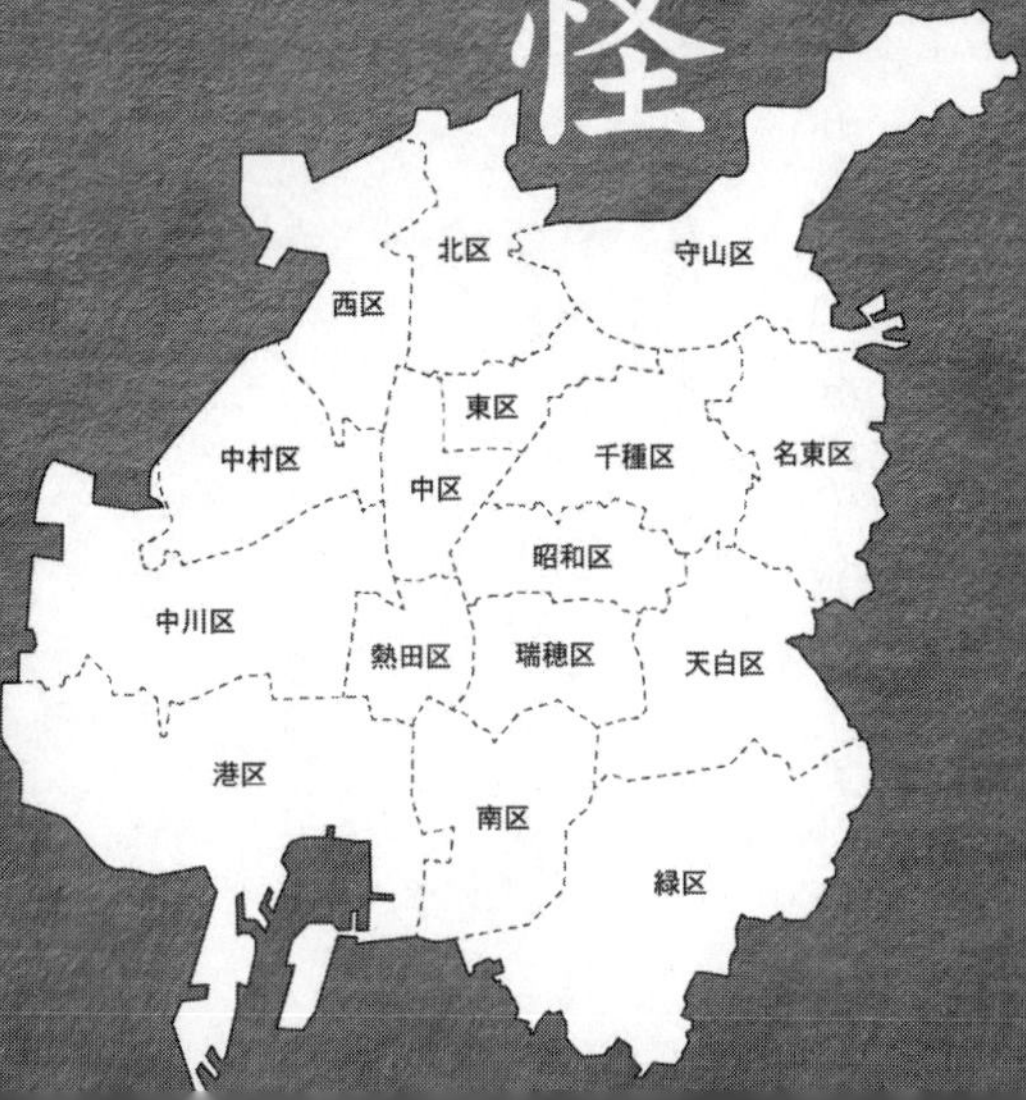

北区
守山区
西区
東区
中村区
千種区
名東区
中区
昭和区
中川区
熱田区
瑞穂区
天白区
港区
南区
緑区

その人は

（名古屋市熱田区）

加上鈴子

T氏の友達が見た、という話を聞かせてもらえた。飲みの席の二次会で簡潔に教えてくれたものだった。

「寮に、女の人がおってな、ワンピース着てて濡れとったんやっと」

それを聞いて私の脳裏には、廊下に立つワンピース姿の女性が思い浮かんだ。暗い廊下にポツンと佇む姿。寮へ帰ってきた折、深夜に遭遇した感じが想像できる。

水玉模様のワンピースで、髪は長かったそうだ。なるほど、なるほど。

更にT氏が言う。

「あいつの爺さんにそれを言うたら、あの辺は、伊勢湾台風にやられた地域やったからなぁって教えてくれたらしいです」

だから濡れていたのか、と。

それは何とも気の毒なエピソードである。

名古屋市の南側には、そうした伊勢湾台風にまつわるエピソードが多々ある。信ぴょう性の高い話だ。

ということで原稿を書き上げ、編集さんに送った。が、もう少し詳しく、と、リテイクを申し付けられた。場所はどこか、等。

そこでT氏に、もう少し詳しく分かるか？　とメッセージを送った。

すると熱田区だと返ってきた。なぁんだ、訊いてみるもんだ。取材は一回こっきりでなく、ちゃんと深掘りすれば聞けるものなのですな。

「学校は今もあるけど、さすがに学生寮は改築されています」とのこと。

しかも幽霊さんについても、私が勝手に想像して付け加えていたシチュエーションとは、大分違ったのだ。

「寝てたときのことです。何や瞼を触られて、ん？　と思って目ぇ覚ましたら、水玉模様のワンピースの女の人が、かぶさって覗き込んできてたとか」

えー！　待て待て待て待て、それはヤバい！　お触り禁止、覗き込み禁止や。パーソナルスペースに入られるのは、身の危険を感じる。

御友人もさすがに怖くて、しばらく寮を離れて別の友人宅に転がり込んでいたのだとか。

しかしながら帰ってからは何もなく、後にも先にも、その一回きりであった、とのこと。

ちなみにこのときのことも、気付いたら朝になっていたそうだ。もちろん、布団も床も濡れている訳がない……なかった……と、思う。とか何とか。

うむ、このレベルの体験を二回も三回もは、したくない。

もしくは、ひょっとしたら、その夜は伊勢湾台風があった日だったとか？　と思ったが、そこは確認できなかった。

九月二十六日。

水玉のワンピースが、ぴとんぴとんと濡れていて……そんな彼女が、眠っている自分を覗き込んでいるので、長い黒髪が覆いかぶさってきてて……。悲しく、すがるような心持ちだったのかな、などとも思えるが、実際に自分が彼女に遭遇していたらと思うと……。

……こわっ！

想像するだに怖い。

しかも瞼を触ってきてるんですよ！

物理攻撃が有効な時点で、恐怖倍増である。害のありそうな幽霊さんではなかったようで、本当に良かったねぇ。

　それにしても、どうして最初からそうやって教えてくれへんかったん？　とT氏に訊いたところ、言われた。

「だって怖いやん」

　いや、まぁ、それはそう。確かに。

　という、これを書きながら思いついたのは、この話って、よく恋愛相談でいう「友達の話やけど」と言いながら実は自分のこと、という奴じゃないか？

　という懸念である。

　ちょっとT氏に、安否確認の連絡を取ってみたほうが良い気がしてきた。

名古屋の墓地について（名古屋市守山区）

御於紗馬

名古屋の市街地で他の街と違うものを一つ挙げろと言われると、少々悩んだあとに「墓がない」と答えることにしている。恐らく、名古屋の人に言わせれば「いや、八事霊園があるだろう」「平和公園だってある」と答えるかもしれない。だが、「他には？」と聞けば答えに窮するだろう。例外は覚王山の日泰寺だろうか。あとは、大須観音など、ロッカー式の納骨堂は存在する。名古屋は、墓が並んでいる光景が非常に限られているのだ。

当時の名古屋市の東の端、尾張徳川家の縁深い八事山興正寺のほぼ近く、まだ名古屋市に編入される前の天白村の丘陵を整備し、墓苑としたのは大正の頃だ。特筆すべきは、霊柩《れいきゅう》電車が走っていたことだろう。人身事故を起こした車両を特別電車とし、路面電車の駅近くから御遺体を運ぶ特別の電車が走っていた。ただ、それも路面電車の運営会社が変わったことで、数年でなくなってしまったのだけれども。

さて、時代は移り、第二次世界大戦で名古屋は空襲の対象となった。名古屋城は炎上し、市街地は焼け野原となった。戦後となって、復興のために様々な計画が打ち出された。久屋大通と若宮大通の百メートル道路は有名な所だろう。荒れ地となった市街地以外にも住宅地としていく事業も多く設置された。

そんな都市開発事業の一つに、墓地の移設があった。市内に点在した墓地を、一箇所に集約する大事業である。二百七十九寺の墓地十八万九千三十基、約十八ヘクタールの墓地が名古屋市の東部丘陵約百四十七ヘクタールの土地、平和公園へと移された。これは、徳川家を始め、身分の貴賤を問わず行われたため、名古屋市内にはほぼ、墓地がないのである。いや、墓地だった場所は、他の何かに使われている、と言い換えられるかもしれない。

名古屋で暮らすということは、墓地だった土地を知らずに踏み締めている、ということになるのかもしれない。

さて、今の名古屋の北東は守山区。妙に凸凹した行政区域は、尾張旭市、春日井市、瀬戸市、長久手市と接している。そしてその北東の端には四世紀前半から七世紀に掛けて二百基あったとされる古墳群があり、現存する七基が志段味古墳群として保護されている。

古代の墓地が、今の名古屋の鬼門を守っていることになるだろうか。

平和公園

白蛇の神社について（名古屋市名東区）

御於紗馬

「名古屋って、結構沼地とか湿地とか多くてさ、蛇とか龍とか関連の神社多いのよ」

「結構埋め立てられて、神社だけ残っていたりしますよね」

「そんな中で一つ、面白いのがあってさ。牧野ヶ池緑地公園の中にある、「羽白美衣龍神社」。昭和二十八年、公園内にゴルフコースが計画されたんだわ」

「公園内に？　公のですよね？」

「管轄は県だね。当時ちょうど、名古屋市近隣にゴルフコースがなかったので、色々声が上がった、というハナシらしいけど。一時期は公のエリアにゴルフコースがあるのはいかがなものかと、オフィシャルなゴルフのトーナメントとかで使えなかったという話も聞いたことがあるね」

「なかなか、ややこしそうですね」

「ややこしいのはここからで、その工事中、作業者が池を泳ぐ白い大蛇を目撃し、更には床に臥せってしまう事件が多発。御嶽講の行者にお伺いを立てたところ、池に住む白蛇の怒りである、ということでこれを鎮めるべく神社を建てて祀った、というのがこの神社なのよ」

「公園に元々神社がある、というのはよくありますが、新しく建てたのは目新しいですね」

「言うて戦後だからね。まぁ、ゴタゴタしてた頃だけど。ちなみに、元は「白美龍神社」だったのだけど、名前がいつの間にかグレードアップしている。更に、建立から五十年後、遷座の大祭までやっている」

「未だに、信仰されているということなのでしょうね」

「この辺り、当時は余り民家がなかったはずだから、元々信仰している人は少なかったはずなんだけどね。何でだろうねぇ」

牧野ヶ池緑地公園

◯と凸（名古屋市名東区）

御於紗馬

【ツレと、味噌煮込みうどんを食べながら】

「味噌煮込みうどんって、うどんにしては高くないですか？」

「うどんって全国的にファーストフードのポジションなんだけど、何故か名古屋の味噌煮込みうどんって高級品なんよね。確かに高い食材使っているけど」

「身近だけど、分からないことってありますよね」

「身近と言えば、私も最近まで知らなかったのだけど、実は近所に、◯と凸があってさ」

「それは、卑猥な何かの隠喩ですか？」

「地形的な話。まず◯から行くか。東山動植物園の東のほう、名東区に差し掛かるのだけど、神丘東公園ってのがあるんだ」

「神丘西公園とか、北公園とかあるんですか？」

「神丘公園ならあるね。神丘公園は凸があるほうなんで後で触れるけど。このエリアって丘陵に沿った住宅地なんだ。で、そんな住宅地の坂道を登ると、急に開けた場所に出る」

「丸というのはそれですか？」

「そう。『あれ？　ここ、灯台か何かあった？』って感じで、丸く整地されているんだ。直径三十メートルくらいかな。道路でぐるっと囲まれていてね、周りはちゃんとアパートとか民家なん。で、一メートル半くらい盛り土がされていて階段で上って入る感じ。だから実質直径二十メートルかな。ちょうど、この味噌煮込みうどんの蓋が似てると言えば似てる」

「何かの跡地なんですか？」

「ちょっと前まで滑り台があったみたいだけど。いや、実は、火葬場跡地」

「はい？」

「火葬場。昔はここに薪《まき》で櫓《やぐら》を組んで、一晩掛けて焼いてたらしい」

「妙なところにありますし、よく跡地として残ってますね」

「普通は、お寺や墓地の近くにあるからね。例えば、千種区の日泰寺の隣辺りには三明火葬場ってのがあったのだけど、今は団地になっている。名東区だと東一社の明徳寺の西に川を超えた所、今の一杜公園の辺りにもあったらしい」

「どちらも、ここからそれほど離れていませんね」

「あとさ、火葬が一般的になったのは、明治から大正に掛けて。それまでは基本的に土葬。薪を使う火葬はコストが高いから、できても富裕層とか、疫病が流行ったときにやむなくとか。だから、以前は何かの祭儀場だった、と言い張れそうな感じがする」

「なるほど。それで、凸のほうは？」

「神丘東公園から下ると、池があるんだ。公園の名前は神丘公園だけど、池の名前はデッチョ池。ちなみに、古い資料を見ると「デッチョウの池」となっている。「出ちょう」、つまり出っ張っている、という意味らしいけど、この池が謎なんは、結構新しい時期に用水池として掘られたらしいのだけど、江戸時代から存在する用水池は周りの宅地化によって、かなり埋め立てられている」

「特に田畑がないのに、池だけ残っていると」

「そもそも、坂の多いところだから、田畑があったかも怪しいんよ。ただし、公園整備の資料を見る限り「神丘公園」と「神丘東公園」は昭和四十年にセットで造られたみたい。ただ、これってちょうど、他の池が埋め立てられたタイミングなんだよな」

「そう言い始めると、神丘という地名からして怪しくなりますね」

「そのまま「神の丘」が由来とされているね。この辺りは「山ノ神」が信仰されていたらしいけど、子細は分からない。そもそも、元から住んでいる方も少なくなっているし」

「こうして、「何か」だけが残ってしまうのでしょうね」

喪われた仙境

（名古屋市天白区）

御於紗馬

当時はまだ名古屋市に編入される前の天白村、その北西は尾張藩の狩猟地として禁足地だった。大正時代に入ってその一部が八事霊園となったのだが、緑豊かな手付かずの森が残されていた。

ここに目を付けたのが、毛織物の貿易で財を築いた中島春治という人物。八事霊園の西側の土地十万坪以上を手に入れて、一大行楽地、別荘地を立ち上げた。

手元に、昭和三年に発刊された一冊のパンフレットがある。題して、『新名古屋名所仙境天白渓　案内記』。表紙には大きな滝が描かれている。

名古屋市の付近にこんな素晴らしい場所がありますよ、と紹介する冊子である。二つの池にはボートが浮かび、三千人収容できる大演芸場に温泉、双月庵と言った洒落た建物や、桃源郷や蓬莱山と仙境を思わせる文句が並んでいる。各章には俳句を挟み、巻末には著名人たちにいかに住みよい場所であるか語らせている。

しかしながら昭和五年頃からの世界恐慌の煽りを受けて、景気が悪化した昭和七年七月七日、記録的な集中豪雨で湖が決壊。一人亡くなり、建物もあらかた流されてしまった。

また、ここより北の東山公園として整備されていた森林の一角に、昭和十二年に東山動物園が開設され、客足もそちらに流れてしまった。更に太平洋戦争に突入。天白渓は再開の目処なく、昭和三十年に名古屋市へと編入される。

その後、八事病院や名城大学、鶴舞線の塩釜口《しおがまぐち》の駅が建設されるにつれ、この場所も開拓が進み、住宅地へと変貌した。滝も枯れ果てている。二つの湖も、一つは埋め立てられて大学のグラウンドに、もう一つは一部だけ残されて、辛うじて「天白渓下池公園」の名が残っているが、最早往年の姿を偲ぶこともできない。

これも隣が八事霊園で、焼き場の灰を被り続けていたのは、やはり縁起が悪かったのではないか、そういう声が残っている。
仙境に、死の汚れは合わなかった、ということだろうか。

天白渓下池公園

八事の老婆（名古屋市天白区）

御於紗馬

関東で新人研修の講師をしていた方で、その日はお寺に泊まり込んでの新人研修を受け持っていた。座禅や作法等、厳しい修行で一日が終わった後、夜は本堂で雑魚寝。とはいえ大学を出たばかりの若者だ。すぐには寝付けない。場所が場所なので怪談を一人ずつ語ることになった。

彼の番が回ってきたとき、披露したのは彼の地元の八事霊園に現れる妖婆の怪。

八事霊園とは名古屋市市営の墓苑で、山を抉った丘の斜面を、墓石が見渡す限り埋め尽くした場所。車の行き交う大通りからは一切見えないのに、一歩路地に入ると、ただひたすら墓、墓、墓。

近くには大学がある。それと知らずに入居し、部屋の窓から外を見て、ようやくそれと気付く学生もいるとかいないとか。

何もなければそれでも良いのだが、夜になると、墓石の上を老婆が跳ね回り、墓石を押して倒して回る。そんな話を臨場感たっぷりに語ったものだから、聞いていたメンバーは彼の話が終わる前に布団に潜り込んでしまった。講師としての面目躍如だと、そのときは誇らしく思った。

それから数年後、彼は名古屋に戻っていた。

地下鉄の鶴舞線に乗っていると、ふと、向かいのカップルの声が聞こえてくる。ちょうど、八事霊園のある駅を通過するところで、彼氏が言うには、ここの墓地は夜には老婆が現れて、墓石を押し倒すのだと。

彼はそこで、恐怖の叫びが喉まで出かかった。実はこの話は、彼が即興ででっち上げた物だった。まさか、あのときの話が広まって「怪談」として定着してしまったのかと、ありもしない怪異を生み出してしまったかと、思い出すだけで鳥肌が立つ、身の毛がよだつと、語ってくれた。

しかし、実は私も、八事の老婆の話は聞いたことがある。それも、彼が語ったという時期よりも少々前に。もちろん、私や彼の記憶違いということは十分あり得るのだが、ただ、今日も誰かの頭の中で、老婆が墓石を倒しているかと思うと、余り良い気はしないのである。

幽霊の墓（名古屋市天白区）

岩里藁人

名古屋市東部の丘陵地に、八事霊園という広大な墓地がある。

二十七万平方メートル以上の敷地に、約五万基の墓石が並んでいる光景は壮観とも奇観とも言い難く、見る者の心を揺さぶってくる。

そんな場所ゆえに、火の玉を見た、心霊写真が撮れたという話は引きも切らない。

中でも、老婆が飛び上がりながら追いかけてくるという「ジャンピング婆さん」の話は人口に膾炙しているので、聞いた方も多いのではないだろうか。

これは、「出た」のではなく、「ある」という話だ。

＊

一宮市出身のデザイナーSさんから聞いた話である。

彼がまだ二十歳そこそこで、名古屋市内のデザイン会社で働き始めたばかりの頃。漫画の同人誌に関わっていた関係で、大学漫研の友人も多く、週末などによく麻雀を打っていたという。

その日も友人二人と、八事霊園近くの学生寮に住む男の部屋で一局囲もうと、車で向かっていた。

霊園の周囲には幾つかの大学があり、寮や学生向けのアパートが点在しているのだ。

ところが、その途中で車がエンストしてしまった。

ちょうど霊園を挟んで反対側の場所である。

道なりに周縁を歩いていくのは、かなりの回り道になる。かったるい。

車はその場に置いて、霊園の中を突っ切っていこうと話は決まった。

八事霊園は　大正初期から昭和に掛けて、名古屋市が造成した公営霊園だ。

元は「八事山」と呼ばれていただけあって、小高く延びる坂道を登っていく。

煌々と月が明るい夜だった。

見渡す限りの墓、墓、墓……。

しばらく歩いていくと、友人のひとりが、

「S君、×××の×××って、知ってる?」

と聞いてきた。

よく聞き取れなかったので、尋ね直すと、

「ゆうれいのおはか」

だと言う。

知らないと答えると、この近くだから寄っていこうと言って脇道に入った。

友人の大学では知らない人はいない心霊スポットで、中にはイタズラ半分で墓石に足を掛けて写真を撮った人もいるという。

その人は風邪も引かない頑丈な男だったが、突然原因不明の高熱が出て、数日間寝込んだそうだ。

そんな話をしていると
「あった、あった、これだ」

と、一基の墓を指さした。特に変わったデザインではない。

棹石の正面に、カッチリとした字体で
「幽霊の墓」

と書いてあるのが、月明かりではっきりと読める。

側面に回ると、たくさんの戒名と没年が彫られているから、個人の墓ではないらしい。

もちろん知らない名前ばかりだったが、最後の日付が昭和十九年か二十年、ああ、太平洋戦争が終わった頃だなと思った記憶が残っているという。

「みんなで記念写真、撮らない？」

という友人の誘いを断り、そのまま目指す寮に行って雀卓を囲んだ。

特に変わったことは起こらなかったそうだ。

＊

今でも「幽霊の墓」はあるのだろうか。

あのときは友人の後をついて行っただけだから、詳しい場所は分からないとSさんは言った。

それで良いと思う。
後世の人間が無責任に騒ぎ立てて、死者の眠りを妨げるべきではない。
あの五万基の墓石の中に、たった一つだけ「幽霊の墓」がある。
そう考えたとき、心に生じる幽かなざわめき、それを感じるだけで十分ではないか。

尾張の怪

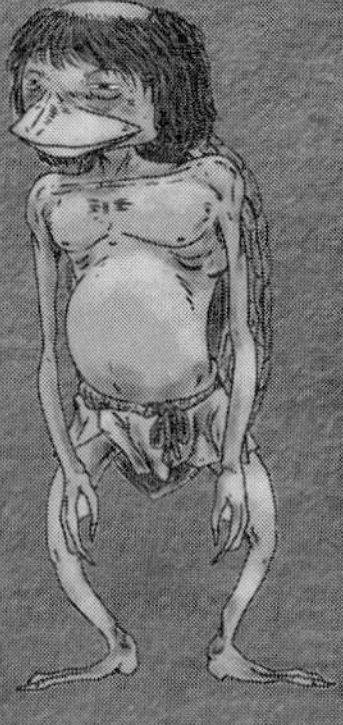

近道（一宮市〜江南市）

岩里藁人

四十年ほど前、Oさんは一宮市に隣り合う江南市に引っ越した。両市は、共に名古屋市の北部に位置し、木曽川を挟んで岐阜県と接している。

引っ越した当初、Oさんはまだ一宮市内の会社に勤めていた。自転車でいけない距離ではなかったので、毎日四十分掛けて自転車通勤を始めた。

走ってみて分かったのだが、この辺りは道路が複雑に入り組んでいて、斜めの道も多い。うまくすれば、大幅なショートカットができるのではないか。

それから、会社からの帰路を少しずつ変えて、近道を探すことがOさんの日課になった。

真冬の月夜だった。仕事を終え、夕食を済ませて帰途に就く頃には、既に日付が変わろうとしていた。

一刻も早く帰って、布団に入りたい。

　Oさんは、この道が最短距離で自宅に繋がっていることを期待しつつ、ペダルを漕いだ。軽快に進んでいったが、はて、気が付くと何処を走っているのか、見当が付かない。それでも、こちらが自宅だろうと当て推量で進んでみたが、右も左もまるで見覚えのない場所に出てしまった。

　近道どころではない。完全に迷っていた。

　参ったな……。

　嘆いても、愚痴っても、進むしかない。

　Oさんは、静まり返った真夜中の道をひたすら走った。

　気が付くと一本道だった。

　畑なのか、原っぱなのか、建物らしきものが見当たらない広い場所に、ずうっとまっすぐ道だけが伸びている。

　こんな場所があったっけ、と思いつつ進む。

　ペダルを漕ぐ。

　吐く息が白い。

冷え冷えとした風が頬を叩く。

また、ペダルを漕ぐ。

寒いのに、背中にじっとりと嫌な汗がにじむ。

ふと。

「犬の鳴き声がした」と思った。


行く手を見ると、民家らしきものの影があった。

「声」はそちらの方向から聞こえてくる。進むにつれ、段々大きくなってくる。

Oさんは、自転車を漕ぐのをやめた。


「これ、人の声じゃないか」

そう気付いたからである。

犬の鳴き声ではなく、人が上げる雄叫び。叫び声。悲鳴。

それが、行く手の真っ暗な家のほうから聞こえてくる。

テレビかラジオの番組だろうかとも思ったが、余りにも長い。

叫び声だけを延々と流す番組なんてあるだろうか。

よほど引き返そうかと思ったが、そこを通り抜けないと帰れないという、奇妙な確信があったという。

Oさんは、意を決して、全速力で駆け抜けることにした。


力の限りペダルを踏み込む。

前傾姿勢、中腰でスピードを上げる。

その家の横を通り過ぎるとき、ウォンと、耳元で大音量の声が響き渡った。

チラッと確認した家の中は、真っ暗だった。

無我夢中で通り過ぎた。


その後、しばらくして見覚えのある通りに出た。

ヘトヘトになって家に帰り着いたときには、既に午前三時を回っていたそうだ。

いつもなら四十分の道のりを、三時間近く彷徨っていたことになる。

その後、探してみても、その道は二度と見つからなかった。

三時間の間、他の人や車とはすれ違わなかったんですかと尋ねてみた。

それが……記憶にないんだよね。

覚えているのは、寒かったこと、月が明るかったこと、ヤバイなと感じたあの叫び声と真っ暗な家。それだけ。


Oさんが走ったのは、本当に「一宮市〜江南市」を結ぶ道だったのだろうか。

輪くぐりの夜に飛んだもの（一宮市）

岩里藁人

デザイナーSさんが高校生だった頃の体験談。

その頃、Sさんは今伊勢町にある酒見《さかみ》神社のすぐ近所に住んでいた。

神社では、毎年八月頭に「茅の輪くぐり」という祭礼が行われている。

茅《かや》を編んで作った大きな輪を通り抜けることで半年間の厄を祓《はら》い、残る半年の無病息災を祈るというものだ。屋台も出て、ささやかながら賑わいを見せる。

祭礼の夜、Sさんと友人は屋台をひやかすのにも飽きて、すぐ近くの保育園（現在は廃園）内の適当な場所に座り、だべっていた。

部活のこと、共通の知り合いの噂、最近読んだ漫画で何が面白かったか……話題は尽きず、気が付くと輪くぐりはとうに終わっていた。集まっていた人たちも、三々五々、家路に就く。屋台の灯りも消え、周りは暗闇に包まれていった。

どのくらいの時が過ぎただろうか。

Sさんによれば、恐らく午前三時を回った頃、「突然、パアッと真昼みたいに明るくなった」と言う。

地面に友人と二人分の影が、クッキリと見えた。

一瞬、花火かと思ったが、音もしないし、そんな時刻でもない。

何だろう、これは。

見上げると、そこには——。


「十メートル、いや、もっと上空かなあ、これくらいの」

と言って、Sさんは肩幅くらいに手を広げた。

「でっかい光る玉が飛んでいた。じわじわーとゆっくり尾を引いて」

赤とも青とも紫色とも言えない巨大なひかりものは、林の向こうへ消えていった。

「UFOだ！」

真っ先にそう思ったという。

今にも「何か」が、林の向こうから自分たちを捕まえに来るのではないか。

友人と二人、身構えながら夜を明かしたが、何事もなかった。


翌朝、Sさんはそのまま馴染みの喫茶店に行き、モーニングを頼んだ。

マスターに、さっきこんなUFOを見たんだと告げたところ、

「違う、それ、人魂だよ」

事もなげに、そう言われた。

根拠も何もなかったが、妙に腑に落ちた。

「あれはユーフォーじゃなくて、でっかいヒトダマだったんだ」

友人と二人、顔を見合わせて頷きあったそうだ。


【補遺】

酒見神社は、元伊勢《もといせ》と呼ばれる神社の一つで、倭姫命《やまとひめのみこと》が、伊勢神宮に天照大神を祀る以前に立ち寄って、御神体を祀り社殿を建てたという伝承を持つ。

一般に、社殿は南向きに建てられるのだが、酒見神社は反対の北向きである。これは、

神社の北側に今伊勢古墳群があり、その一つに酒見神社の御祭神が葬られているからだと言われている。

また、酒造り発祥の地の一つとも言われ、斉衡三年（八五六年）、伊勢神宮から、二名の酒造師（大邑刀自・小邑刀自）が遣わされ、伊勢神宮に供する御神酒を造ったとされる。

いずれも、ヒトダマ或いはＵＦＯとの関係は不明。

力ある場所（一宮市）

加上鈴子

一宮に住むKさんから聞いた話である。

彼女の職場には「感じられる」方がいて、その方曰く寄り付きたくない場所が幾つかあるそうだ。

行くと、ずどんと肩が重くなる。

あ、憑いたな。

と思うのだとか。

その中の一つは、神社である。

その神社で主となる神は天火明命《あめのほあかりのみこと》。天照大神の孫神だ。

行けば憑かれるが、祓いもしてもらえる。

神社の神事「輪くぐり」に参加すると、すうっと肩が軽くなるのだそうだ。

その話を聞いて思い出したのは、これまた別の方から聞いた「霊は羽虫のようなもの」という例えである。

その方曰く霊から見る現世には、時々ほわりと光っている人がいるのだそうだ。力ある人が光って見えるなら、力ある場所とてあるのかもしれない。

助けてほしくて、ほのかで暖かな光に惹かれて彷徨い寄り憑くのだという。

だとすれば、そういう場所にはそういう霊が彷徨い寄り付き、救われる瞬間を待っているのかもしれない。だとすれば、そういう人が立ち寄り憑かれるのも、道理というものだ。

また、神社でも何でもない、愛知県のさる市に建つ有名作家の記念館が「そう」という話があり、不謹慎かもしれないが、面白いなと思った。

文学散歩と称する、館と庭の案内があったり、様々なイベント、お日様の下で走り回れる、お子さん向けの遊び場もある。

そのような場所に霊が集まり易いなどと吹聴しおってと叱られそうだが、逆に考えて頂きたい。それだけ、その作家に力があったということだ。

生み出された作品にも、何やら力が宿っているかに思える。優しいタッチのイラストも、物語を一層優しく、心に沁み入るものにしている。

そうした作品が並んでいる空間に、救いを求める魂が引き寄せられるのも、仕方がなしというところだろう。

ただ子供は、そうしたものよりもっと強い光を放っているのか、子供が憑かれた話を聞いたことがない。もしくは輪くぐりに匹敵する力を以て、瞬時に霊を祓っているのかもしれない。

子供という存在には、陽の気が宿るのかなと思われる。

今この時も人知れず力ある場所には、某かが救われているに違いない。

内津峠（春日井市）

加上鈴子

内津峠は、出る。

という話を、そうした関連の本を読む前から知っていた。なぜなら、自動車で高速道路の内津峠を通過したときに、友達が言ったからだ。

「内津峠のうつつ、って、そういう意味なんだよ」

多くは語らない友達だった。

が、「夢か現か」という言葉の「うつつ」に当て字をしたのだなという解釈は、すぐ思い浮かんだ。

必然的に、その場所が境界めいた意味を持っているのかな、とも、想像をした。

現世と冥界の狭間だ。

ただし表題のトンネルは、高速道路ではない。国道十九号線のほうである。十九号線のトンネルは、峠の真下にある。

内津峠は、愛知県と岐阜県の県境である。

古来より「峠」という場所は、ことごとく寄せ易いらしく、随所に様々な逸話がある。

登山をするとよく分かるが、峠というのは、山と山を繋ぐ狭間としては一番落ち窪んだ場所を指し、平地と平地を繋ぐ狭間としては頂点である。山頂を目指して歩くなら、ここからが改めてのスタートとなるし、山向こうの町に行きたい者にとっては峠越えが、文字通り旅のピークだ。

要するに色んな意味で、境なのである。


なおかつ、内津の名前が持つ力である。

由来は日本書紀に遡る。

ヤマトタケルが行軍の最中、当地で副将軍の建稲種命が水死したという報を聞いて、「あゝ現《うつつ》かな」と嘆き悲しんだことが地名の由来ということだ。

歴史の大御所たるヤマトタケルが悲しんだりしたら、そりゃあ黄泉の者とて帰ってきそうだ。しかも亡くなり方が、珍しい海鳥を見つけて、ヤマトタケルに献上するため捕まえようとして、駿河の海に落ち水死した……というのだから、間抜けといおうか、御本人とて、やり切れない気持ちで亡くなったことだろう。

しかも、そんな大事な土地を掘ってトンネルを造ってしまったのだから、そりゃあ溜まり易いこと、この上ない。黄泉路を繋げてしまったのだ。

様々な要でもある峠の土地神様に挨拶することなく、土地を踏まずに下をすり抜けようというのだから、バチ当たりこの上ない。

だからという訳ではないと思いたいが、このトンネルは事故が多い。緩やかな登りでアクセルを踏むためか、早くトンネルに出たい心理が働くからか、よく玉突き事故が起こる。

このトンネルが「出る」と曰くつきになった原因の事故も、そういう類のものだった。

トラックがバイクを踏んだ、事故。

文字通り踏み、そして引きずったのだそうだ。辺りは血まみれ、とても見られたものじゃない惨状と化した。

以来このトンネルに、少年と男性の霊が視える。らしい。

曰く、血みどろのライダーが横たわっている、とか。

曰く、事故直後の凄惨な現場がトンネル出口に見える、とか。

曰く、トラックがこのトンネルを通ると、事故に遭い易い、とか。

どれも事故で無念を残した被害者たちの怨念によるものか、と思われる。

もしくは逆に、このトンネルは危険だぞと警告をしてくれているようにも感じられる。

いずれにしろ自動車道のトンネルは危険度が高いものだ。


だが。

そうした怪談話の中で一つ、解せないものがある。

件のトンネルは車道と言っても良いぐらい、人通りのない道だ。歩道もあるにはあるが、申し訳程度の、点検用の通路かというほどの細い道だ。そんな道を通るとなったら車にはひときわ気を付けるだろうし、ましてや子供が歩くなら親と同伴、手を繋いで歩くことだろう。

なのに。

このトンネルの怪談話には、少年の霊がいる。

少年が亡くなった事故の記録は、どう探しても見当たらなかった。

怪談を殺す話（犬山市）

岩里藁人

怖い話・怪しい話を追いかけていると、図らずもその話を殺すことがある。

すなわち、完全な作り話であることの証拠を見つけてしまうのだ。

例えば……。


愛知県犬山市を流れる木曽川に「お富岩」と呼ばれる岩がある。

船でその場所を通りがかると、どこからともなく美しい歌声が聞こえてきて、それに聞き惚れていると岩に激突し命を落とす。

その岩は、時の権力者のために結ばれなかった恋人たち、お富という娘と船乗りの与曽松が命を落とした場所で、その恨みが宿っているのだという。


この話、聞き覚えはないだろうか。

非業の死を遂げた恋人たち、船を遭難させる美しい娘の歌声……

そう、ドイツ・ライン川に伝わる「ローレライ伝説」によく似ている。

いや似ているどころではない、「お富岩」は「ローレライ伝説」を元にした、作られた怪異なのだ。

そもそも、何故遠く離れたドイツの伝説が採用されたかというと、この辺りの光景がライン川によく似ていることから「日本ライン」と呼ばれているからだ。

名付け親は、衆議院議員を務めたあと地理学者となった志賀重昂《しがしげたか》。

海外の知見も豊富な志賀が、一九一三（大正二）年に命名したという。

更にそれを受けて、ヒロインお富を誕生させた人々がいる。

市橋鐸《いちはしたく》『なぎの舎漫筆』によると、それは「犬山から遊学している学生の一団」であった。

木曽川で舟遊びをしていた一行、まず文科大学生がローレライ伝説を語り、シラーの詩を詠んだ。

その後、法科と医科大学生が伝説創作を提唱、怪異の現場である岩を選定した。

そして剽軽《ひょうきん》ものの専門学生が、ヒロインは「横櫛お富のお富さんに限る」と歌い出した。「横櫛お富のお富さん」とは、歌舞伎の演目「与話情浮名横櫛《よわなさけうきなのよこぐし》」のヒロインで、のちの昭和の大ヒット曲『お富さん』のモデルのことだ。

お富とくれば相手の男は与三郎だが、それではヒネリがないと「与曽松」とした。

この名は、彼らが世話になっていた、し尿汲み取り業者のものだったという。

つまり「お富岩」とは、観光のために命名された「日本ライン」という名称に、いささか悪ノリ気味に乗った形で誕生したものなのだ。

その後のより詳しい伝説や、お富の歌声による災厄の話などは、創作の尾鰭《おびれ》と断じてもいいだろう。

怪談の検証なんて野暮の極みという批判もあるかと思う。

だが、昨今流行している「信じるか信じないかは……」という怪談自己責任論的な曖昧な解釈よりも、成立の過程を把握した上で、それらに関わった人たちに思いを馳せるほうが味わい深いのではなかろうか。

人が人に物語を伝えるという行為こそが、私たちの文化の根幹を支えているのだから。

市橋鐸『なぎの舎漫筆』（昭和四十一年三月十九日発行）非売品：限定二百部

市橋鐸氏は犬山出身の郷土史家で、『名古屋叢書』の編纂《へんさん》の中心的人物。

名古屋空襲で一度は焼けた『名古屋叢書』の原稿を、不屈の精神で再び書き上げ出版した。

街中の山（日進市）

加上鈴子

愛知県で一番高い山は茶臼山で、冬はスキー場になる積雪がある。愛知県唯一のスキー場である。愛知の名だたる山は、ほぼ三河に集中しており、その地帯は奥三河と呼ばれ、山深さを思わせる。

これが名古屋市となると途端に平らかになり、名古屋市一番の標高でも一九八・四メートルと低くなる。二番は一一一・六メートル。

ところが、だ。

これが登ってみると、どうしてなかなか、しっかりと「山」なのである。

カーナビに連れられるままビル街を抜け住宅地に入り、坂を登ったものの、景色は平らで……という角を曲がったら、山がそびえ立っていた。

鬱蒼とした森を蓄えた、こんもりとした山が、住宅地のド真ん中に存在している不思議である。

というか逆に、山だらけの地域だった場所を切り拓いて住宅地にしたのだから、本来は山のほうが正しい。山は主の様相を呈して、どーんと鎮座していた。

山に一歩踏み込んだだけで、住宅街とは一線を画す。木々に遮られて建物が見えなくなるだけで、途端に心細くなる。昼間に入っても、独りだと不安になるレベルだ。マムシ出没、スズメバチの巣。崖崩れ注意の看板に、引き込まれそうに澱《よど》む沼。もちろん、舗装もされていない。時おりぬかるみ、根っこが絡む山道は、危険度が普通の登山と変わりない。

しかも道にも迷える。

所詮は公園と舐めてかかったら、小一時間は彷徨えた。途中に道案内の看板もあったが、どちらをどう指しているのか分かり難い。すれ違った親子も、看板を見て、あっちだそっちだと余計に迷っていた。

さて愛知には、戦国の有名な戦いが幾つもある。小牧・長久手の戦い、長篠の戦い、桶狭間。ものの本でもネットでも、そうした話題がわんさか出てくる地域である。戦乱の世が忍ばれる。

こちらの山にも、戦に関連する歴史が記されている。

また城についても、山城も昔はわんさとあった。ほとんどは朽ち果て跡地になっていたり、あっても建て直されたりした複製だが、その土地に根付いているものがあるのだろう、「見た」という逸話は多い。

そもそも戦国時代に戦いがあった場所には大抵、「林葬」なる乱暴な弔い方が横行していた。土葬でも埋葬でもない、つまり林の中に弔う、いわば放置である。弔いたくとも、人手も時間も足らない時代であった。

中には、まだ生きていた兵もいたと思われる。死にかけている者が本当に亡くなっているのかを知る術は少ないし、ましてや、そんな状況でわざわざ確認もしないだろうし、目をカッと開いてる者や、僅かながら動いている者などが混じっていれば、それはさぞかし恐ろしかったに違いない。

先に述べた低山にもいわれがある。また、近くに城もある。隣の市だ。

長久手の戦いの重要な起点になっていたとも言われる、歴史ある地だ。建てられた模擬天守は模擬ながら、遺構の素晴らしさに支えられていることもあり、厳かで静寂に満ちている。

こちらの地域では林葬ではなく、丁寧に死者を弔うべく別の場所へと移して埋葬した、という話もある。城が朽ちてからの長らくは田んぼだったそうなので、村人らが弔ったのであろう。戦死した侍たちには今でも毎年、慰霊祭が行われているそうだ。石碑も建てられている。

それがためか、人魂が飛んでいたという伝聞が残っている。飛んでいった方角まで伝わっている。お墓があったのだろうか。

また、地誌には、デイダラボッチのことを指す「ダダ法師」なる妖怪の足跡があったという記述がある。昨今まとめられた市史には、同じ地域に、ダダ法師でなく山姥の足跡なる言い伝えもあるそうだ。こちらの話はまださほど古くなく、これを覚えているお年寄りも存命しているかもしれないほどである。

同じ現象が転じたものか別の話かは定かではないが、畏怖を覚える土地があったことは、間違いなさそうである。

死者の歩いた痕跡が、語り継がれているのかもしれない。

戦い亡くなった兵への畏敬の念が、根付いているのだろう。


平地の中にあって小高い丘陵という場所は、霊たちの目印になるのかもしれない。山頂や高い木の上などに、白い塊が光って見える、といった目撃情報もある。自然に囲まれているのが落ち着くのかもしれない。

縁《ゆかり》の地を訪ねて感じるのは、悪寒や恐怖感ではなく、僅かな寂寥《せきりょう》と穏やかさであった。鎮魂の碑も兼ねているのかもしれない。


ほとんどの丘陵公園や城跡公園は、五時頃に駐車場が閉まる。

逢魔が刻である。

静かに佇む森には、夜という結界が張られたかの闇が広がる。鎮魂の山を見守り、末永く大事にしたいものである。

三角の家（あま市）

御於紗馬

「三角の家、ってあるじゃん」

「愛知県で「幽霊屋敷」として有名な建物ですね。三角の家、三角屋敷、黄色い家などと言われていて、今は解体されているものの、ちょっと検索すれば逸話が残されているのが確認できますね」

「昔さ、名古屋駅裏のソープに『三角荘』ってあったんで、そこで「おばけ」に当たった、というハナシって思ってたんよね」

「いや、それはないでしょう」

「まぁ、「三角荘」は別の店に変わっちゃってるんで良いんだけど、「三角の家」、本当にそれだけかな、って」

「と、言いますと？」

「理由が二つあってさ、一つは、普通に「三角の家」って言うとさ、家屋の形が三角なのをイメージするよね」

「確かにそうですが、それが何か?」

「ここでの「三角の家」って土地が三角なんよ。□ではなくて△。その辺が風水的にアレってのがハナシのキモになっている訳でさ」

「確かに、そう言われるとそうですね。ラブクラフト作品などでは「三角形の切妻屋根」と、屋根が三角形だったりしますが」

「で、名古屋にも結構多いんよ。土地が三角なの。ぶっちゃけ、以前住んでた近所にもあったのよね。今、更地になっているけど」

「おや?」

「ちょっと住宅情報ググってもさ、道の隅で土地が三角な物件、結構引っかかるんだわ。そもそも、京都みたいに道が碁盤の目にならない限り、道の端っこは綺麗な四角にはならない」

「それもそうですね」

「だから、名古屋に限ったことではなく、それこそ愛知県以外にも多いはずなんよね」

「なるほど、それにも拘らず、話題になるのはここだけと」

「ってか、あま市の奴って、余り話のバリエーションがないんだわ。行った人の数だけ色んなハナシがあって然るべきなのに、確かに、ちょっとググると逸話は出てくるけど、割と定型化されているのよね。血まみれのベッドがどうのとか。この辺が伊世賀美隧道とは違う感じがする」

「何が言いたいのですか？」

「本当はもっとヤバい「三角の家」があるけど、ダミーとして注目させた、みたいな」

「陰謀論的なのは良くないですよ？」

「実はさ、「三角の家」が注目されるようになったのは、テレビやラジオの番組からなんよ。オカルト番組全盛期にね。その辺も何か、引っかかるんだよな。そして今は、その建物自体は駐車場になっているとかで現存しないのだけど」

「本当は、いや、本物は残っている、と？」

「ほんと、名古屋の怪談はこういうの多いのよね」

長田蟹（知多郡美浜町）

御於紗馬

愛知県の知多半島に、歴史に悪い意味で残った父子がいる。長田忠致《おさだただむね》と景宗《かげむね》、鎌倉幕府を開いた源頼朝《みなもとのよりとも》の父、源義朝《みなもとのよしとも》を謀殺した二人である。平治の乱で京より落ち延び、家臣である彼らを頼ってきた義朝を入浴中に襲撃し、その首を平清盛に献上した。平時なら主君殺しの大罪人であるが、義朝は当時は朝敵。親子には褒美として壱岐守《いきのもり》を賜った。

ここで欲の皮が突っ張ったのか「美濃と尾張もくれても良いのでは」と不満を漏らすも、義朝の死の混乱が落ち着けば清盛から排除されることを察し、本拠地の尾張へと逃げ帰った。そして源頼朝が挙兵すると、長田父子は頼朝側に付く。頼朝もそれを許し、彼らは平家滅亡まで、懸命に働いた。

長田親子その後については、討ち死にしたとも頼朝より処刑されたとも伝えられている。

その中の一説には建久元年（一一九〇）、義朝が討たれた地のほど近くにて磔《はりつけ》に処せられたとされている。現在の愛知県知多郡美浜町には「長田親子はりつけの松」が残り、辞世の句「ながらえし命ばかりは壱岐守　美濃尾張をば今ぞたまわり」と刻まれた碑が建てられている。彼らが欲した「美濃尾張」と「身の終わり」を掛けた句である。

さて、この事件の舞台と成った愛知県知多郡美浜町野間、ここにはおおよそ二センチという小さな、甲羅の文様が人の顔に見える蟹が生息している。地元では「長田蟹」と称している。蟹の甲羅に顔といえば、壇ノ浦《だんのうら》に身を散らした平家一門の怨念が乗り移ったとされる平家蟹が有名ではあるが、奇妙なことにこの長田の一族も平家の系譜である。

彼らの処せられた「磔」についても触れておく。現存する「はりつけの松」に磔にされたとするものもあるが、あくまで跡地に植えられたとの説もある。そしてただの磔ではなく、板に逆磔にし生木で打ち殺されたとも、死ぬまで身体の一部を削ぎ落とされたとも、それは凄惨な刑であったとも伝えられている。

蟹の甲羅に焼き付いたのは、彼らの怨念ではなく、そのときの苦悶が刻まれているのかもしれない。そのように見れば、小蟹が群れる姿は、地獄の責め苦を受ける罪人の相が蠢《うごめ》いているようにも、視えてくるのではないだろうか。

みさき（知多郡武豊町）

赤井千晴

気になっていることがある。私の曽祖母の話だ。
私が母のお腹の中にいる頃、曽祖父が亡くなった。
春のことだった。
葬式を終えた曽祖母は、
「〝みさき〟に話を聞きに行かなあかん」
と、言った。
私の父と母を連れて、武豊町にある〝みさき〟の家に行った。
いたって普通の民家に着くと、「ちょっと行ってくる」と言って一人で車を降りた。
そしてすぐに戻り、「長男だけ来い」と、父を連れて行った。
〝みさき〟の家でのことを父に尋ねても、何も覚えていないと言う。

みさきとは何なのか、家族に説明はなかったが、「お爺さんが死んだら話を聞きに行かないかん」と言っていたらしい。

占い師のようなものだったのだろうか。普通の家に住む、普通のお婆さんが〝みさき〟と呼ばれていたそうだ。

信心深い曽祖母は、念仏婆さんをやっていた。各家の葬式に呼ばれては念仏を唱えるのだ。そんな中で、不思議な体験もしていたのかもしれない。

そんな話を聞く前に亡くなってしまったが、私がまだ幼い頃にこんなことがあった。

当時住んでいた私の家はとても古く、便所が外にあった。

一人で用を足すのがとても怖くて、離れに住む曽祖母に声を掛けようと玄関の前に立った。

すると、部屋の中から大きな声がする。

夜二十一時過ぎ、曽祖母の家の玄関は鍵が閉まっている。

「お前狐だろう！」

と、聞こえた。

「おい！　騙されんぞ‼」

曽祖母が、すごい剣幕で怒っているのが分かる。

しっかり者の曽祖母で、まだまだお針子の仕事もしていた頃だった。ボケているとも思えない。いつも穏やかな曽祖母に異変が起こっている。

途端、ドーーーーーン！　と何か大きなものが落ちたような音がして、私は泣きながら親の元へ走った。

その後、母に頼んで一緒に便所まで行ったときには、曽祖母の家の電気は消え、声も聞こえなかった。

あれは一体何だったのだろう。

〝みさき〟と言うと、〝狐〟のことをそう呼ぶこともあるそうだ。

〝みさき〟に会いに行き、〝狐〟を警戒した曽祖母。

これを書いていて思い出したが、我が家にはお稲荷さんの大きな神棚もあった。

かつては豊川稲荷とも交流があったと聞く。
最近祖父母が亡くなり、あの家に住む人がいなくなってしまった。
今からでも、我が家の過去を知ることができるだろうか。
武豊町に存在した、〝みさき〟のことを、もし知る人がいたら御連絡頂きたい。

しのしまにて（知多郡南知多町篠島）

御於紗馬

「奇妙な話なら一つあるのだけど。篠島の話だけどね」

そう語ってくれたのは、初老のBさんである。

三河湾に浮かぶ篠島は、古くから伊勢・志摩側と東国を結ぶ海上交通の要所である。特に島の神明神社は伊勢神宮の遷宮のタイミングで、伊勢神宮の宝殿の古材一式を以て遷宮が行われ、それに合わせて八王子社の遷宮に神明神社の古材が使われる。伊勢神宮の遷宮の古材は他の神社にも流れているのだが、遷宮の折に毎回、古材を一式頂いているのは、この神明神社だけだ。

現在はシラス漁で有名で、隣の日間賀島《ひまかじま》とともに離島の観光地としても栄えている。新型コロナが流行る前までは音楽フェスも開催されて、離島ながら盛況だったそうだ。

その、最後のフェスに参加したBさんは、余韻を堪能しつつ、会場の海水浴場でもある砂浜から、暮れ始めていた海辺の景色を眺めていた。

気が付くと姉妹だろうか、小学生ぐらいの女の子が二人こちらを窺《うかが》っている。

何だろう？　と思っていると、そのうちの一人がBさんに近付き、こう言った。

「あなたのお母さん、人を殺したでしょう？」

突然の言葉に、Bさんは驚いて、返す言葉も失ってしまった。

「ふふ、冗談よ」

と、一声発するとくるりと背を向けて姿を消した。いや、文字通り、いなくなっていた。砂辺である、身を隠す場所などないというのに。

それは、変な言葉を掛けられて、失礼とか無礼とかで混乱したのではないかと尋ねると、

「いや、そういうのよりも、何かこう、神々しいものを感じてね」

とBさんは答えた。神の縁深き場所だから、こういうこともあるのだろうと、そのときは素直に思ったそうだ。

ただ、母親にそういう話があるかどうかは、確認していないとのこと。

この話について、蛇足であるし、何より観光地の話であるので言い難いのだけれども、島の名が「死の島」に通じるのが、どうにも引っかかってならない。

篠島

愛知県某所の怪

白い腕～T高校の話その一（愛知県T市）

赤井千晴

海に面したこの街は、かつて某映画監督が「昭和の空気を冷凍保存したような不思議な雰囲気」と言ったそうだが、悪く言えば閉鎖的で、昔から「他所者に厳しく、新しいものが流行らない街」と言われ続けてきた。

かと言って古いものを守ろうと言う動きもさほどなく、近年は観光資源でもあったはずの貴重な建築物や昭和の街並みがどんどん消え去り、薬局や駐車場ばかりが増えていく、そんな場所である。

街の中央にある小高い丘の上にはT高校がある。その背面には小さな山があって、山の天辺には日露戦争の忠魂碑が、変わりゆく街を見下ろすように鎮座している。

私は自分の産まれ育ったこの街が余り好きではない。

だけれどこの場所にだけは、たくさんのかけがえのない思い出が詰まっていた。

その中でも特に鮮明に覚えているのは、不思議なモノに出遭った記憶。

随分と前置きが長くなってしまったが、ようやく本題に入る。

このT高校、歴史の長さもあってか〝出る〟のである。

それはもうわんさか出る。出ることに慣れ切ってしまうほど毎日何かしら〝聴く〟〝視る〟〝触れる〟。

学校だけの話かと思いきや、友人知人から話を集めてみると、この忠魂碑の建つ山も含めた周辺一帯に〝出る〟と言うことが分かった。

歴史が百年を超える学校の、閉校までのほんの数年間の体験記録である。

＊　＊　＊

これはもう二十年以上前の話になるが、ある夏の盛りのこと。

演劇部に所属していた私は、大会に向けて夏休みも毎日学校に通っていた。

体育館の舞台上。音響や照明も併せての稽古。「この作品は面白くなる！」と、部内全体がやる気に満ちて練習にも熱が入っていた。

私は舞台袖で自分の出番を待ちながら、舞台上にいる後輩の演技を見ていた。

(あとちょっと、音響とタイミングが合うと良いんだけどなあ……)

そんなことを考えながら、見つめる舞台中央部分。

その視界の端で、白っぽい何かが動いた。

照明の反射だろうと思って無視していると、それはゆっくり動き出す。

目の前に垂れ下がる舞台袖幕の下方、腰の高さぐらいの場所から、白く細い何かが私の腹に向かってスーッと伸びてきた。

私の視線はまっすぐ舞台中央を見ているのに、それが何なのか、何故だかはっきりと見える。

(腕だ……!)

視線を下ろす。

真っ白な腕は驚いたようにピタリと停まると、電気のスイッチを切ったようにパッと消えた。

「えっ!?」

つい、大きな声を出してしまい先生に怒られた。

腕は、私の腹に向かって伸びていた。

触られていたら、どうなっていたんだろう。

そんなことを考えながらも、時間が経てば経つほど、何かの見間違いだったんじゃないかと思うようになっていた。

特に誰かに話すこともなく、季節は秋に変わった。

部活を終え、薄暗くなった体育館の施錠をしていると、同じ部の友人が全速力で駆け寄ってきた。

「腕……！　腕が、生えてた！」

興奮気味な彼女を落ち着かせて話を聞くと、舞台袖の天井付近にあるスピーカーから、真っ白な腕が生えてヒラヒラと揺れていたらしい。

それは、私が見たモノと同じものかもしれない……。

打ち明けようかどうしようか迷っていると、横で聞いていた先輩がこんなことを言った。

「それ、私も去年見たよ。その前は一昨年。卒業したK先輩の目の前に出て、突き抜けたんだって。K先輩、幽霊とか信じないって言ってたのにね。すごい叫び声だった」

私が卒業した後も、白い腕の目撃談は何度か耳にしたが、どれも舞台上のどこかに出るようだった。

——この話には後日談がある。

高校を卒業して美術系の学校に進学してからも、私はあの腕のことが忘れられなかった。どうしても絵に残したくなって、何度も何度も、あの白い腕の姿を思い出しては描き続けた。

あるとき、大きなキャンバスに描いた作品を家に持ち帰った。額装してどこかに飾ろうかと思ったが、母親に気味悪がられたので取りあえずクローゼットに片付けることにした。

その絵が、どう言う訳かどこに片付けても、いつの間にか表に出てきてしまうのだ。あるときは廊下に立てかけてあったり、あるときはクローゼットの前に出ていたり。そのたびに何度も何度も片付けるのは手間だったが、そんなことを繰り返しているうちに、いつの間にかどこにも見当たらなくなっていた。

母が捨ててしまったのかもしれない。

施錠当番〜T高校の話その二（愛知県T市）

赤井千晴

あれは冬のことだったと思う。

その日施錠当番だった私は、部活が終わった後で体育館中の窓や扉の鍵を確認して回っていた。

一通り見て回った後、全ての電気を消して体育教官室へ鍵を返しに行くのだが、ここで鍵が一つ足りないことに気が付いた。部室の鍵がない。

時刻は十九時前。真冬の空はとっぷりと暮れて、体育館の中は完全な闇だ。電気をもう一度点けようか。いや、天井の水銀灯は一度落とすと明るくなるのに十分は掛かる。

ええい面倒だ、さっさと取りに行ってしまえ！　と、走り出したそのとき。

「だめ！」

と、N先輩とCちゃんに止められた。

「どうしたの？」

「一人で行っちゃ駄目！」

何で……？　と言おうとしたが、二人の剣幕に押され、三人で鍵を取りに行くことになった。

バレーコートとバスケットコートを抜け、舞台下の脇にある扉を開けて、舞台へと続く階段を上る。

そこから更に中二階へ上がり、照明室を通り抜けて部室へ入るのだが、さっきまで騒いでいた二人が一言も喋らなくなった。

息さえ止めているのではないかと言うほど、強張《こわば》っている。

「あったあった、ついてきてもらっちゃってごめんね」

と、声を掛けた瞬間、二人が私の腕を掴んで一目散に走り出した。

階段を駆け下り、体育館を走り抜け、教官室に鍵を置いて外へ飛び出すと、二人が青ざめた顔でプハーっ！　と大きな息を吐いた。

そして小さな声で、

「……いたよね」

「……いましたね」

と、ひそひそ何かを確認しあっている。

「どうしたの？」

私が尋ねると、二人は顔を見合わせて、

「階段のとこにいたじゃん！」

「おじさんがうずくまって、何かぶつぶつ言ってたの！　見てないの？」

Cちゃんは今にも泣きそうである。

そしてN先輩がこう付け加えた、

「赤井ちゃんさ、部室に戻るって言ったとき、何か様子が変だったんだよ。だから止めたの」

どう変だったのかは、怖くて聞いていない。

忠魂碑～T高校の話その三（愛知県T市）

赤井千晴

T高校の背面には、小さな山がある。

白山と呼ばれるその山には、日露戦争の忠魂碑が建っている。

この山へ登るには、学校の敷地内にある細い道を上がるか、民家の裏手にある茂みを分け入るしかない。

閉校式を間近に迎えたある日のことだ。

部活が終わった後、私は友人と二人で白山に登った。

三月、もちろん陽はとっくに暮れている。こんな時間に登れることはもうないだろうし、せっかくだから校舎を見渡しておこうと、そんなことを話していた。

白山から見渡すささやかな夜景と、手前に広がる真っ暗な校舎。

思い出話をしたり、これからのことを話したり、いつの間にかかなりの時間が経っていた。

そろそろ帰ろうかと思い始めたそのとき、

「ガサッ」

手水場《ちょうずば》の裏の茂みから、物音が聞こえた。枯れ葉を踏み締める音だ。

猫でもいるのかな……と、思った。

「ガサッ……ガサッ……」

いや、猫にしては足音が重い。これは……人だ。

「ザクッ……ザクッ……」

土を踏み締める音に変わった。

そして一人じゃない。ヤバい人かもしれない。逃げなくては。

「ザクッ、ザクッ、ザクッ、ザクッ」

三人……四人……いや、あんな方向から突然人の足音がするのはおかしい。道は二つしかないはずだ。

「ザクッ、ザクッ、ザッザッザッザッ……」

五人……六人……七人……

友人が強張った声で言った。

「ねえ、これって……」

彼女は言葉に詰まったまま動けなくなっていた。

私は慌てて気付かないふりをし、大きな声でお喋りを続けながら友人の腕を引いて転がるように山を降りた。

——この学校では、ささやかだが確かに普通ではない現象にたくさん遭遇した。

幼い頃から、怖いものは好きだが信用はできない。と思っていた私の目の前に、はっきりと姿を見せてきたモノもいた。体育館で土砂降りのようなラップ音を聞いた。舞台装置のパネルをノックするたくさんの手があった。大きな火の玉や、黒い人が当然のように通り過ぎていった。

誰も出入りしなくなったあの丘の上で、彼らは今どうしているのか、卒業以来会っていない同級生を想うように、今こうして文字に起こしている。

四階（愛知県I市）

岩里藁人

Hさんが県内の病院で体験したという話。

現在も多くの患者さんの信頼を得ている病院なので、仮にI病院としておく。

Hさんの父親がI病院に救急搬送されたのは、二〇一〇年代も半ばを過ぎた頃だった。数時間に及ぶ手術を受け、一命はとりとめたものの、以前に患った病の影響で根本的な治療は難しく、退院するのは難しいだろうと覚悟を決めたという。

様々な管に繋がれた父親の姿は痛々しかったが、経口摂取も、家族との会話も可能だった。

何よりの救いは、I病院が新築移転したばかりだったことだ。

暗く沈んだ印象の旧病棟とは違って、病室も備品もピカピカ、ベッドも最新式だった。

「まるでホテルみたいだな」

そんな軽口を叩いて、至極満足そうだった。

病室は五階にあったが、その下の四階はまだ用途が決まらないらしく真っ暗だった。当初は産婦人科になるという噂もあったが、折からの医師不足で流れたらしい。

「四」は「死」に通じるから病院に四階はないという話もよく聞く。しかし、現在は別の科が入っているようなので、単に準備が間に合わなかっただけなのだろう。


新型コロナの前だったので、家族も病院の仮眠室を借りたりして、できる限りの付き添いをした。

そんな家族の支えと医師・看護師の尽力もあって、Hさんの父親は、無理だと思われた一時退院を果たすこともできた。

窓の開けられない病室とは違う、自然の風を満喫して嬉しそうだったそうだ。


しかし、病魔は足を止めない。

数日で再入院、五階の病室に戻った。

それ以降、父親の言動に不可解なものが混じるようになる。

Hさんは、薬が強くなったことで起きるせん妄だろうと説明を受けて、納得した。

ただ一つ、妙に引っかかったのが「K伯父が下の階で迷って困っているから、連れてきてくれ」というものだった。

K伯父というのは、父親の一つ上の兄で、数多い兄弟の中でももっとも親しかった人だ。父親より早く入院生活を送っていたが、それは名古屋市内の別の病院だったし、見舞いに来られるような状態でもなかった。

「下の売店で[redacted]（子供の頃に食べた菓子、数十年前に発売中止）を買ってきてくれ」

「今度、旅行に行く▼▼（Hさんが小学生の頃に泊まった民宿）の予約は取れたか」

記憶の混濁からか、そんな言葉を繰り返した。

Hさんは曖昧に相槌を打ち、父親はそれで満足した。

ただ、「下の階にK伯父がいる」ことだけは何度も繰り返し訴え、いいかげんに返事をすると怒ったりもしたという。とはいえ、どうしようもないことなので、Hさんにはその怒りを受け流すことしかできなかった。

Hさんの父親が旅立ったのは、最高気温が四十度に達しようかという夏の盛りだった。

入院したのが、粉雪のちらつく二月だったから、きっちり半年の入院だった。そのケジメの良さは、永年商売をしていた親父らしいなと、感心したという。

もちろん、悲しみは深かったが、父親も家族も限界まで頑張ったのだという気持ちも強く、その死を正面から受け止めることができた。


息を引き取ったのは、早朝だった。医師の死亡宣告のあと、ストレッチャーに乗せて一階の霊安室へと向かう。

そこで小さなトラブルが起きた。

エレベータにストレッチャーと医師・看護師、家族全員が乗ると重量オーバーになってしまったのだ。Hさんは咄嗟にそこから出て、隣のエレベータですぐに追いかけるからと別れた。目の前で扉が閉まる。階数表示が下がっていく。すかさず隣のエレベータを呼ぶ。間を置かず下がってきたエレベータに乗る。一階のボタンを押す。扉が閉まる。

Hさんが小さくため息をつくか、つかないかのタイミングで、ガコンッ、と止まった。

急いでいるのに、と扉が動く前から「開」ボタンを連打する。

誰も乗ってこない。

四階だった。

止まったからには呼び出しボタンを押した人がいるはずだが、気配がない。Ｈさんはエレベータから首を出して左右を確認したが、誰もいない。非常灯がぽつりと点いているだけで、廊下はもちろん、ナースステーションも真っ暗だった。

「下の階にＫ伯父がいる」

一瞬、父親の言葉が脳裏に浮かんだが、気を取り直して「閉」ボタンを押した。

エレベータは何事もなく、一階へ下りていった。

父親の七回忌を終えた今でも、四階で止まったとき感じた理不尽さは忘れ難い、とＨさんは語った。急いでいたけれど、いや、急いでいたからこそ、一階以外のボタンは押さなかったと確信している、と。

Ｋ伯父は、Ｈさんの父親の数カ月後に亡くなった。

もちろん、名古屋市内の別の病院で。

脳は狂う（愛知県某所）

加上鈴子

夢の話をしよう。
カーテンを伝って下りてくる、顔だけの群衆。
天井に貼りついている、目と口だけの群衆。
ドアの影から、じっとこちらを伺っている、巨大な鎌を持った死に神。
ずらりと並んだベッドに横たわる、美しい曲線の骨一本となっている患者たち。
お見舞いに来る、顔の下半分がない宇宙人たち。
ベッドごと壁に引き込もうとしてくる老婆。
先生の顔には大量のゴマが貼りついていた。
それらは全て、私が本当に見たものだ。

入院したときのことだ。

良性とはいえ脳腫瘍を抱えている私は、数年ごとに再発を繰り返しており、もう三回も入院している。

二回は開頭手術で、入院は数十日を要した。

最初の手術のときなどは術後せん妄という症状が出て、しばらくアッチの世界に旅立っていたものだ。それらが前述の、見聞きしたものたちである。

そのときに強烈に感じたのは、人の脳が、いかに脆《もろ》く儚《はかな》いものかということである。

カーテンを伝って下りてくる顔だけの群衆は、カーテンのひだが、そう見えていたものである。

天井は模様だった。

扉の影は、本当に影だっただけだろう。

集中治療室に寝ていたときは、私自身も太い骨一本になっていた。ずるんと皮や肉が全て削ぎ落ちている、骨というよりはステンレスの丸い柱が一本横たわっているビジュアルだった。

宇宙人は、マスクをした家族だった。やっぱりマスクをしている顔は、人に表情を認識させないものなのだなぁと今更ながらに感心している。母がベッドの縁を握るのだが、そこにはボタンに見える接続の器具があり、それを押されると地球が爆発するので、頑張って払い除けていた。

また、病院のベッドにはキャスターが付いているので、それが動いて揺れている感覚があったのかもしれない。動き、壁に引き込まれる錯覚を覚えていた。

老婆が「はい、ピーピーピー♪」とうるさかったことまで覚えているのだが、それは指先から血中酸素計測器を自分で外していた音だった。

治ったのは、いきなりだった。

私の幼稚な指相撲に付き合ってくれている夫の姿を、急に認識したのだ。夢から醒めたような心地だった。

指相撲をしていたことは、認識していた。何故か、やたら楽しくて笑っていた。笑っている私に、もう一人の私が気付いたような感覚だった。

あれ？

私が笑っている。

笑っている私を、誰かが見ている。

見ている人が誰かを、私は知っている。

ああ、何だ。あなたか。

遊んでくれていた、知らない親切なお兄さんが、夫になった。


という過去をすっかり忘れていたのだが、このたび三度目の入院となり、ふと思い出すに至ったのだ。

三度目は愛知県の、さる病院だった。愛知県には脳外科の権威が幾つかある。その中の一つを紹介され、入院に至り、放射線治療を受けた。

本来なら日帰りでも構わないほどの、一時間ほどの治療だが、家から遠いことと念のためを考え、二泊三日の旅行になった。

前日の午後から入り、翌日に治療を受け、問題がなければ三日目の朝に帰宅というお手軽プランである。

夜のことだった。

どこからともなく、ものすごい奇声が響いたのだ。うとうとしていたので、最初は自分の聞き間違いかと思った。が、目覚めてしばらくしたら、また奇声が上がった。時間を置いて、また一声。

どうやら斜め向かいの病室から聞こえてくる。

ということは分かったものの、それを確かめに行くほどの好奇心も勇気もない。ただ、ちょっと騒がしくて眠れないなと思うだけである。

夜が更ける前に看護師さんから聞いていた通りだったので、さほどの驚きはなかった。

「夜、ちょっと騒がしいと思います。余りにも寝られないようなら呼んでくださいね」

前の二回の入院でも、ちょっと不思議な人はいた。何なら、私自身も不思議な人になっていたのだし。

そんなことを考えながら、うつらうつらしていると、また瞼が重くなる。重くなる瞼の裏に、見てもいない奇声の主が思い浮かんだ。きっと老人だろうと感じている通りの姿が、ふと気付くと私のすぐ側に座り込んでいた。

黒い影を担って、じっと私を覗き込んでいる。

見られている感覚に背筋が凍り、バッと顔を上げてしまった。せっかく眠ろうとしていたのに！

が、目を覚ませば、それはいなくなるのだ。

病院という場所が何かをはらむのか、もしくは愛知県の某かが伝えられているのか？

この病院の建つ地には、かつて海が近く川が多く、沼地が広がっており、田畑に向かなかったとあった。沼地なら、そうした怪異の一つや二つが沈んでいても、おかしくないかもしれない。

ましてや病院だ。土地に由来するものでなくとも、この建物に遺恨を残した魂が彷徨っていることもあり得る。

奇しくも前話で岩里藁人さんが語る、「四階」とリンクしていることに、奇妙な縁を覚える。脳外科の入院フロアは、ここは、四階だった。

翌朝、病院食を頂いてから治療の時間までの間に院内を散歩したら、ナースステーションの壁際に三人ほどが座っていた。

御飯を食べている人、お茶を握り締めている人、中空を見つめる人。それぞれに何か、ゴニョゴニョと話をしていた。

あ、これは目を合わせたらアカン。

咄嗟に目を逸らした。うっかり話しかけられても、対応に困る。脳外科には、違うフィールドに旅立っている方が多い。

もしくは実は、暗黙の了解なのか。看護師さんの気遣いは実は、患者さんの悲鳴のことではないのではないか。

二日目の夜も、同じだった。うとうとしかけると響く奇声。よく喉が潰れないなと妙に感心してしまう。

何度目かの奇声に薄目を開けて廊下を見たら、ドアの影に死に神が立っていた。

私は、それらを確かめなかった。


無事に退院した私の脳には、まだ腫瘍が残っている。

放射線治療は対象を小さく弱くするのみで、完全に消すということは難しいそうである。

取りあえず私の五体が寿命をまっとうするまで、大人しくしていてくれれば有り難い。

今のところは、無事に仕事もできている。

時々、就業後帰宅した家の中から、カタンと物音がするのも、脳が聞かせる空耳なのか、家の軋みか、隣の家か。

目を閉じて寝ようというときに、枕元に気配を感じることはある。が、目を開ければ、何も見えない。

気のせいだ。

脳のせいだ。

もしくは。

最初の術後せん妄のときに見聞きしたアレらの中に、まさか本物が混じってたんじゃなかろうな……？　とも、少し疑っている昨今である。

お祓い、行こうかなぁ。

S市の市民病院その一（愛知県S市）

赤井千晴

愛知県S市と言えば、歴史の古い街である。

戦国時代には名だたる武将たちがこの地で戦い、非業の死を遂げた。

そのためか、街のあらゆる場所には不可解な怪異や狐狸妖怪等の言い伝えが今も残っている。

そんな街で暮らし始めて今年で三年。

人伝に聞いた怪異譚の中でも、市民病院の話を聞くことが何度かあった。

これはその中の一つ。私が出産後に大変お世話になった、助産師さんから聞いた話だ。

雑談の中で、「何か怖い体験ってないですか？」と聞いたとき、明るいMさんは「全然ないよ〜！」と言いながら笑った。しかし、「あっ……」と、何かを思い出し、こんな話を聞かせてくれた。

Mさんがまだ S市の市民病院で助産師をしていた頃、その日も随分と遅い時間に職場を出た彼女は、足早に職員用の駐車場へと向かっていた。

ふと、前方にある電柱が気になった。

電柱の影から、ゆらゆらと黒い塊が見え隠れしている。

ゴミ袋でも引っかかっているのかな？　と、近付いた瞬間、Mさんはピタリと歩みを止めた。

電柱の影に揺らめいていたのは、女の長い髪だった。

項垂《うなだ》れるように、長い髪をだらりと垂らした女が、ゆっくりと、ゆらゆら揺れている。

ザーーっと、血の気が引いていく音がした。背中が凍りついたように冷たい。

Mさんは目を逸らし、慌てて女の前を通り過ぎた。

通り過ぎる瞬間、女が何かをぶつぶつと呟く声が聞こえた。

「あれは絶対、生きた人間じゃなかったよ。だってね、影がなかったの」

目を逸らして俯いたときに気が付いたそうだ。街灯の下、自分の足元や電柱には影があるのに、その女には影がなかった。そう言って、Mさんは少し身を震わせた。


Mさんからは、こんな話も聞いた。

これは彼女が市民病院で働いていた当時、夜勤当番だったときのことだ。

その頃は今よりも子供がたくさん生まれていたので、田舎の病院とはいえ産婦人科は常に忙しかった。


少し仕事も落ち着いた深夜、交代で休憩を貰い仮眠室で布団に入った。

疲れていたが、その日はなかなか寝付けなかった。しかし、どうにか寝なくちゃと無理矢理目を瞑っていると、布団の上にトンッ……と、何かが落ちた。

何だろうと思いながらも、目は開けなかった。開けてはいけない気がした。

トンッ、トンッ、トンッ……と、落ちてきた何かが自分の腹の上を移動している。

トンッ、トンッ、トンッ……。重みがある。少し温かいような気もする。

トンッ、トンッ、トンッ……。

そのとき、これは赤ちゃんだ！　と、思った。

「──その日ね、流産になった子がいてね、その子が挨拶に来てくれたんだって思ったの」

「よく来たね、ありがとうね。生まれたかったねえ」

そう言って彼女がお腹の辺りを撫でると、その重みはふっと、消えてしまった。

涙が止まらなかった。

「全然怖いとは思わなかったんだよ。只々、悲しかったよねえ」

Mさんは語り終えると、深いため息をついた。

S市の市民病院その二（愛知県S市）

赤井千晴

先日、子育て支援センターで紙芝居の上演をした。

私が作った怪談の紙芝居は子供たちの目にどう映るのか不安だったが、小さな子供たちがとても真剣に見てくれて、支援センターの保育士さんたちからも喜んでもらえた。

上演後、保育士の先生たちと地元の怪談話などで盛り上がり、ベテラン保育士のAさんから「そういえば……」と、聞かせてもらった話がある。

随分前の話だが、Aさんのお父さんが病気を患い、市民病院に入院していたことがあった。

いつ病状が悪化してもおかしくない、そう言われて家族交代で病院に泊まり込んでいたときの話だ。

その日、Aさんは父のベッドの脇に簡単な寝床を用意されて眠っていた。

小さな寝床では十分に眠れず、朝日とともに目が覚める。

眠い目を擦りながら起き上がると、父のベッドを覗き込む人影があった。

逆光で顔は見えないが、こんな朝早くに誰かお見舞いに来てくれたのかなと、慌てて立ち上がる。

よく見ると、それは兄だった。

若くして死んだ兄が、当時の姿のまま、父を抱きかかえようとしている。

Aさんは唖然として固まった。

そうしている間にも、兄は何度も何度も父を起こそうとするが、持ち上げられないようだった。

Aさんは、ハッとして叫んだ。

「お兄ちゃん！　待って！　まだ駄目！　まだ連れて行かないで！！」

Aさんは必死になって父を抱きしめた。

兄は、何か言いたげな顔をしながら、消えていった。

「でもねぇ、疲れていたし、起きながら見た夢かも……なんて思って、人に話すのが恥ずかしかったの。でもね、知り合いがこんな話をしていて、もしかしたらって思って……」

これは、Aさんから聞いた、知人のKさんに起きた出来事だ。

Kさんの弟さんが、市民病院に入院することになった。

なかなか快方に向かわず、家族も心配して毎日様子を見に行った。

ある朝、面会時間ぴったりに病院へ行くと、馴染みの看護師さんからこんなことを言われた。

「あ！　Kさんのお父さん、今朝早くに来てましたよ！　面会時間より前だったからびっくりしちゃった。お見舞いに来られたの初めてですもんね。弟さんの病室の前にいらして、弟さんと顔がそっくりだったからすぐ分かりましたよ～！」

Kさんのお父さんは随分と前に亡くなっていた。

しかし、看護師さんから聞いた特徴は、確かに生前の父親とよく似ていたのだった。

何より、弟さんとお父さんは本当に瓜二つだったそうだ。

Aさんは、

「それを聞いて、やっぱり私が見たのは兄だったのかなって思ったのよね」

そう言って、何かを思い出すように腕を組んだ。

おませ（愛知県K市）

岩里藁人

S書店は名古屋市発祥の書店チェーンである。関東や関西にも出店しているが、東海地方、それも市街中心部から少し外れた立地の店舗が多い。新刊書はもちろん、古書の売買、DVDのレンタル、最近ではゲームやトレカなど手広く扱っているようだ。

これは、勤続十年以上になるベテラン・パートタイマーAさん（五十代女性）から聞いた話だ。

S書店は店舗によって扱う商品に違いがあり、その内容によって営業時間も異なるのだそうだ。Aさんの勤めていた店は、DVDレンタルもやっていたため、コロナ禍前の閉店は深夜二時だった。営業時間中に返却すれば延滞料金は発生しない、というサービスの一環だったのだろう。

その日、そろそろ閉店時間が迫り客足も途絶えたので、Aさんは溜まっていた返却DVDを元の棚に戻す作業をしていた。人気の最新作は、カウンターの近くに配置されているのでちょっとした隙に返却できるが、邦画の名作やハウツーものなど奥まった場所にあるものは、まとまった時間がないとはかどらないのだ。

ちなみに、その店では、アダルト作品の返却は男性社員・パートの仕事だった。まだ学生の女性アルバイトも多いので、配慮したのだろう。

次々と返却DVDの山を片付けていくAさん。慣れたとはいえ、こんな作品あったっけというものも出てくる。適度な集中力を保ちながら記憶をさぐる作業は、パズルを解いているようで、なかなか楽しいものだそうだ。

そのとき——Aさんの背後で気配がした。すぐ後ろには、一般作品とアダルト商品の場所を分ける暖簾《のれん》が掛かっている。それを揺らして飛び込んでいく影。

（子供だ！）

そう、Aさんは直感した。

時間は既に午前一時半を回っている。そもそも、子供が立ち入っていい場所ではない。

「コラッ!」

Aさんは一喝して、仕切りになっている暖簾をめくった。


誰も、いなかった。


「子供が出る、という噂は前々からあったのよ。でも、姿を見たのはあのときが初めて」

どうして子供だと思ったんですか、と尋ねてみた。

振り向いた瞬間、暖簾から出た足だけが見えたのだという。その足は、子供たちの間で大人気の「足が速くなる靴」を履いていたのだそうだ。甥にプレゼントしたことがあるから見間違いではない、と言った後、Aさんは一拍置いて、頬に手を当てた。

「それにしてもねえ……。

思い残したことがあったのかもしれないけど……

もうちょっとねえ、出る場所をねえ……」

子育ては随分前に卒業したというAさんだが、このときばかりは、思春期の子を持つ母親に戻ったかのようだった。

S書店のすぐ裏手には私鉄が走っており、大小二つの踏切がある。

二つの踏切の間は、二百メートルも離れていない。

県道沿いの大きなほうの踏切の横に、農道の名残だろうか、歩行者と自転車しか通れないような小さな狭い隙間があいているのだ。

以前ここには遮断器も警報器も点いていなかったそうだ。

「あかずの踏切」が待ち切れなかったのか、しばしば無理な横断による事故が起きた。

犠牲者の中には、痛ましいことに子供もいた。

Aさんのパートの時間にも、子供の事故が起こり、店に入ってくる客が漏らす「頭が……」「血が……」という言葉を聞かないように苦労したらしい。

「その子が、どんな靴を履いていたかまでは分からないけど……」

Aさんは手を合わせながら、そう呟いた。

捨て本（愛知県K市）

岩里藁人

「それは怪談ではない。ただの偶然だ」

そう言われることを覚悟の上で、私自身の体験談を書いてみたい。

私は永年、児童書の仕事に携わってきた。

歴史やスポーツの練習法を、子供たちが理解し易いように、イラスト・漫画化するのである。その道の専門家に指導して頂き、先行する種々の本で勉強し、何度も取材や打ち合わせを重ねる。完成までに一年以上掛かるが、子供相手に無責任なことは描けない。

「十年持つ本を作ろう」というのが、編集スタッフとの合い言葉だった。

さて、そんな児童書の中の一冊に、とある人気スポーツの入門書があった。全国大会を何度も制覇した指導者の方に監修を仰ぎ、イラスト一点まで細かくチェックして頂いた甲斐があって、そのジャンルではかなりの高評価を頂いた。順調に版を重ね、全国の子供たちが手にしてくれた。

ただ、一つ問題があった。余りに安定感がありすぎて「これ一冊あれば良い」ということで、当初目指していた続編の企画に繋がらなかったのだ。

スタッフも私も「十年持つ本」という目標は達成できそうだし、まあ良いか、と苦笑いしつつ、別のスポーツ入門書の企画立ち上げに切り替えたのだった。

その後、重版の報せが届くたびに「有り難いね」とスタッフと喜んでいたが、二年三年と過ぎるうちにそれも間遠くなっていき、編集部と連絡を取ることも稀になっていった。

気が付けば、目標だった十年が過ぎようとしていた。

ある年明けに、私は近所の神社に立ち寄った。

初詣の時期は過ぎていたし、散歩の途中に何げなくという感じだった。

その頃、家族が入院していたので快癒祈願……というよりも、無事に年を越せたことへの感謝を伝えたいという気持ちが強かったように思う。

賽銭を納め、手を合わせる。

清々しい気分で神社を後にした——その帰り道。

ごく普通の住宅地、見慣れてはいるが住人の名前までは知らない家々が並ぶ、そのうちの一軒に違和感……いや、既視感を覚えた。

軒先に、ちょこんと段ボール箱が置いてあり、その中に何か赤いモノが入っている。

手招きされたように寄っていって、箱の中を覗く。

数冊の本が入っている、その中の一冊の見覚えがある赤い表紙。

ひと昔前に作ったあの本だった。

箱には「貰ってください」と書かれた札が貼ってあった。

そう、まるで捨てられたペットのように。

他の本も、タイトルをよく聞く絵本などだ。

子供が大きくなって、不要になったのだろうか。

思わず、自分の本を手に取る。カバーはなくなりページはくたびれて、繰り返し読んでくれたことが、よく分かる。

この本は、役割を終えたのだ。

名も知らぬ近所の子供が、自分の本を大切に読んでくれていた。

そう思うと、嬉しさがこみ上げてきた。

そのまま放っておく気になれず、もう一冊、せなけいこ氏の『おばけなんてないさ』とともに持ち帰った。

それから、一週間も経たない、ある晩。

ひさしぶりに、かつてのスタッフから電話があった。

「あの本の続編を出しませんか」

思わず、驚きの声が出た。聞けば、地味ながら版を重ねていたことが評価され、もう少し高学年向けの続編があってもいいんじゃないかという声が上がったらしい。

是非やりたい、と即答し、先日拾った「捨て本」のことを伝えた。

スタッフは言った。

「何か……ナントカの恩返しみたいな話ですね」

話はこれだけだ。あなたは言うだろう。

「それは怪談ではない。ただの偶然だ」

私もそう思う。

神社に寄った帰りに、偶然、自著を拾い、偶然、その本の続きを描くことになった。

そうだとしても、まるで昔話のような、そう、「傘地蔵」や「拾った本の恩返し」と呼びたくなるような味わいは、とても気に入っている。

海辺にて
（愛知県某所）

加上鈴子

「怖い話、ないですか？」

そう訊くと最初はおかしそうに不審そうに、気の毒そうに首を振るばかりの人も、少し話しているうちに「そういえば」と語り出すときがある。

というエピソードは、某有名な怪談作家が書いた話である。が、実践してみると、なるほど本当に、あれやこれやと結構聞ける。

この話も、そんな一つである。

御協力に感謝する。


その方は九州人で、若い時分に幾つかのそういう体験をなさっている。峠で、ガードレールの向こうに人影を見たとか、車で走っていて視線を感じて、バックミラーをチラ見すると、人の顔がびっしり映っていた……等々。

そんな彼が寄り付きたくない、厭な感触を持つ街が、愛知県にもあるという。有名な岬があり、バイクや車を走らせるのが好きな方々にも愛されている市だ。

どこが、という訳ではない。ただ、寄り付きたくない、というだけであり、地域も限定されるほどではない。ただ少なくとも決して、海の近くで眠ることはしない、と言う。引きずり込まれでもしたら逃げられない怖さが、海にはある。息ができなくなるというのは、それだけで恐ろしい。

海には、様々なものが浮かぶ。ゴミの類も流れてくるし、貝や海藻、魚に死体——。そう、彼は水死体も見たことがある方だ。それで余計に、海の傍で眠るなんて……という感情になるのかもしれない。

だが、と、彼が言った。

「実際に浮かんでいる水死体って、綺麗だったんだよね」

奇しくも、私は別の方からも同じ感想を聞いた。こちらは港区の、さる埠頭であった。釣りをしていたら流れてきたそうで、さすがにそのときに釣った魚の頭は食べずに残したそうだ。いや、それより胴体は食べたんかい。

水死体は白くて、マネキンのようだったという。腐乱しないうちに早期発見されたからだろうか。だとすれば、そのほうが、遺族にも御本人にも救いになるのだなぁと感じた。彼ら彼女らの流れ着く澱みが、海のどこかに存在しているのだろう。

そしてそこには遺恨の魂も未だ、澱んでいるのかもしれない。

海辺を走るときは特に、なるだけ他所見をしたくないと彼が言う。視線を感じると、ついそちらを見てしまうが、見ても何もいないことが多い。視界の隅の、見えるか見えないかのギリギリの端っこに、それらは暗くうっすらと映りこんで、こちらの出方を試しているのだ。

そして事故を起こしてしまうと、あちらに連れて行かれる羽目になる。

ちなみに筆者もそのように感じた道があった。同じく海が近い、稲荷神社で有名な市で、その道を走っているときは誰かに見られている気分になり、運転に集中したものだった。

海岸沿い特有の平坦な道が、地平線が見えそうな長さでまっすぐ伸びているにも拘らず、一つも青信号にならない道なのだ。全ての信号が矢印表記になっていて、右折なんだか直進なんだかが、近くまで行かないと判別できない、嫌でも慎重にならざるを得ない。スピードが出せないようにしてあるのだ。

矢印信号自体はよくあるが、一本道の信号全てが矢印信号しか使われていない、青信号、要らんやん……という道は、初めて見た。

その道の途中には、右折で稲荷神社へ向かう表示が出ていた。調べてみたら、その道沿いから行ける稲荷神社が八社はあった。何やら見守られているような、見張られているような気持ちになった道だった。

尚、九州人の彼が持つ体験の詳細については愛知県でないため、残念ながらここでは伏せておこう。

くれぐれもドライブ中の他所見には、御用心。

黒猫のあしあと

（名古屋市↓三河地区T市↓尾張地区I市）　岩里藁人

愛知県三河地方T市在住のMさん（五十代女性）には、黒猫にまつわる奇妙な体験が三つあるという。

最初は幼少期、まだ名古屋市内の小学校に通っていた頃の話だ。

彼女の住んでいた借家は、一軒を無理矢理二つに割ったような造りで、薄い壁を隔てて住んでいたのは中年の夫婦だった。

子供はいなかったが、旦那が酒乱で、ドスンバタンと暴れる音がよく聞こえてきたという。

その負い目からか、奥さんは近所付き合いもなく、たまに玄関先で半野良の黒猫とたわむれるのを見かけるくらいだった。

Mさん家の目の前は、保健所だった。

昭和四十年代、三階建ての建物は立派だったが、余り好きではなかったという。

当時はまだ野良犬も多く、それらの保護、そして処分はそこで行われていた。

よく遊ぶ児童公園の奥、ひっそりと建っているコンクリートの建物が処分場なのだと、高学年の子が教えてくれた。

実際、その建物からはよく犬の鳴き声が聞こえていたし、どうかすると夜寝るときにも風に乗って悲しげな遠吠えが耳に届いた。

ある夜、Mさんが布団に入ってから、幽かに赤ん坊のような泣き声が聞こえてきた。

いつもの犬の遠吠えとは違う。

普段なら布団をかぶって聞くまいとするのだが、耳慣れない声を思わず追いかけてしまう。

途切れ途切れに届く哀切な響き。

入りの悪いラジオのチューニングをするように意識を集中していたが、突然——。

「ギャアウッ！」

思わず飛び起きたほどの叫び声が、耳元で炸裂した。

電気を点けて部屋の中を見渡したが、その後は全く静かになった。

翌朝、父親が「昨日は保健所の猫の声がうるさかったな」と言っているのを聞いて、アレは猫の声だったのだと初めて知った。

Ｍさんは、保健所で殺処分されるのは犬だけだと思い込んでいたのだ。

次の日から、隣の奥さんの様子がおかしくなった。

人々が寝静まった頃になると、町内を徘徊するのである。

……ミーよ……ミーよ……ミーちゃんよぅ……。

悲しげに、そう呼びながら。

あの声は、おばさんが可愛がっていた黒猫が捕まって処分されたときの、断末魔だったのだろうか。

「あんな大きな声で聞こえるはずないと思うんですけど……」と小首をかしげた後、

「でも、猫の声より、おばさんの声のほうが怖かったです……」Ｍさんはそう語った。

二つ目は時が過ぎて、Mさんが結婚し現在のT市に引っ越したときのことだ。

新築の一軒家に荷物を運び入れる宅配便のトラックを見ながら、これからのローンのことなどを考えていた。

ふと、視界の隅に黒いカタマリが動くのを感じた。

ああ黒猫か、親子だな。

引っ越し業者のマークとシンクロしていて面白いな。

そんなことを考えつつ、どこか違和感を覚えていた。

黒い猫が二匹重なっている……でも、何かが変だ。

何だろうと考えていると、親猫がスッと離れた。

子猫の頭がスッパリと切られたように、なかった。

えっ、と思って凝視したときには、既に二匹とも建物の陰に消えていた。


三つ目は、初めての出産のために里帰りしていたときに体験した。

実家は名古屋市内から、尾張近郊のI市に引っ越していた。

狭いながらも庭付きで、ポリカーボネート屋根のサンルームがあった。

日当たりがよく花粉なども防げるため、洗濯物はそこに干していた。

Ｍさんも出産までの間よく利用していたが、一つだけ不満があった。

床の一箇所がへこむのだ。

躓《つまず》くほどではないが、体重を掛けるとグッと身体が沈む。

そのたび、日々変わっていく体形を揶揄《やゆ》されているようで、いい気持ちはしなかった。


無事に出産を終えたＭさんが、そのことを知ったのは数年後だった。

母親との何げない会話の中で、サンルームの床の話題が出た。

「ギュッと沈んだよね、一箇所。まだ新しかったのに、手抜き工事だったのかしらね」

Ｍさんがそう言うと、しばらく間を置いて母親が言った。

「猫が死んでたのよ、あの床下で」


Ｍさんの陣痛が始まった明くる日、サンルームから異臭がした。

父親が床下を覗いてみると、大きな黒猫が死んでいたという。しかも――。

「お腹が大きかったみたい、ってお父さん言ってたわ」

聞いて愉快な話ではないし、猫の死骸で床に影響が出るはずがないと内緒にしていたのだという。

しかし、両親の話を総合すると、足が沈んだ場所の真下で死んでいたとしか思えない。

その後、Mさんにもそのお子さんにも、特におかしなことは起きてはいないそうだ。

時間的にも地理的にも隔たりがあるし、ひとつひとつは怪異というほどの体験ではない。

それでも、名古屋市内から三河、三河から尾張へ。

三つの記憶が黒猫のあしあとで繋がっているような気がする、Mさんはそう話をしめくくった。

それからは行ってない（愛知県某所）

御於紗馬

とある女性から伺った話。

夏休みだったたか、一時期不登校だったたか、記憶が定かではないと仰っていたが、小学校に行っていない時期があって、その間、朝は毎日、近所の神社にお参りするのを日課としていた。

近所の神社と言っても、住宅地にポツンと社だけあるような小さなものではなく、木々に囲まれ、駐車場から石段を登ってようやく拝殿が見えてくるような規模の大きなもの。

何がきっかけだったかも失念してしまったが、参拝を毎日続けていたそうだ。

それが、その日に限って朝からテレビに夢中になってしまい、昼になって母から「今日は行かないの？」と聞かれるまで、神社のことを失念していた。

どうしようか？

少々迷いつつ、それでも向かうことにした。

神社の駐車場は、今まで見たことのない立派な黒塗りの車が一台留まっていた。いや、これまで毎日通っていたのに、車が停まっていること自体が初めてだった。

誰かいるのかな?

そう思いつつ、石段を登り、鳥居をくぐり、境内から拝殿のほうに進んでみたものの、誰もいない。ただ、拝殿の階段に何か置かれているのが分かった。恐る恐る近付いてみる。

「人形」だった。

ただし、和風、洋風、フィギュアでも、紙で折ったものではなく、強いて言えば、岐阜のさるぼぼや這子のような、目も口も鼻もない、人の五体が辛うじて分かる、「人形」としか例えようのないものだった。

怖くなった。

踵《きびす》を返して、神社を後にし、母にそのことを報告した。すると母は、明日は一緒にお参りに行こうと約束をしてくれた。

次の日の朝、母と一緒に神社に向かった。

その日は駐車場に車はなく、拝殿にも人形はなかった。いつも通りだ。昨日のは何だったのだろうと思いながら手を合わせて目を瞑ると、周りに気配を感じた。

犬、だと思った。

唸り声のようなものが聞こえる。それも、一匹二匹ではなかった。多くの犬から囲い込まれ、敵意を向けられていると感じた。

それ以来、その神社に足を運ぶことはなかったそうだ。

著者紹介&あとがき

島田尚幸（しまだ・なおゆき）
妖怪文化研究家・あいち妖怪保存会共同代表。名古屋市生まれ。怪異・妖怪をキーワードに、地域文化や文芸を知る・学ぶ・楽しむための活動を行う。共著書に『愛知妖怪事典』（あいち妖怪保存会編著 一柳書房／二〇一六）、『怪異学入門』（東アジア恠異学会編 岩田書院／二〇一二）、『響鬼探究』（加門七海・東雅夫編 国書刊行会／二〇〇七）ほか。
＊文化、歴史、自然、そして人の営みと感情……それらが多様に絡み合い、物語は育まれる。物語が育まれる余白は、怪異がわき立つ隙間でもある。この先も愛知から様々な怪異が生まれ、語られ、書き残されていくだろう。

赤井千晴（あかい・ちはる）
愛知県新城市在住。物心つく前から水木しげるの描く妖怪を愛し、四歳の頃に出会ったドラマ『のんのんばあとオレ』に衝撃を受けて自らも怪異を描くようになる。二〇〇六年から実話怪談風の紙芝居「怪奇紙芝居」を発表。脚本・作画・実演の全てを一人で行っている。俳優、怪談師としても時々活動中。
＊取材と執筆の日々は怪異にまみれた苦しくも幸せな時間だった。そして先日とある話の続報を聞いた。それぞれ別の場所で知った複数の話に繋がりがある可能性が出てきた。この企画のお陰で今も怪異が集まり続けている……。

岩里藁人（いわさと・わらじ）
愛知県名古屋市生、現在はその近郊在住。二〇〇七年に参加したビーケーワン怪談大賞がきっかけとなり、怪談に筆を染める。本業はイラスト方面で、学習漫画（別名義）などに携わる。
＊自分の生まれ育った土地の怪談を書くという行為は、とりもなおさず自身の半生を振り返り、ある種の懐かしさをもって再体験することでもありました。なかでも、取材を通じて数十年ぶりに若い頃の知己と再会できたの

は、思わぬ喜びでした。このような機会を与えていただき感謝しております。

内浦有美（うちうら・ゆみ）
愛知県豊橋市出身。ばったり堂代表。主な著作に『豊橋妖怪百物語』、『豊橋・田原 民話地図・民話掲載一覧全300話』（東三河民話保存会発行）、『「郷土の記憶を舞台化する」、そのはじまりと先には何があるのか』（愛知大学綜合郷土研究所紀要）などがある。地域資源としての民話・怪談に魅かれる。
＊大人になったいまも怖いものが苦手です。なのに、なぜこんなにも魅かれてしまうのだろう。その土地に宿る郷土の記憶、人々の感情を享受する贅沢な時間を、著者陣のみなさん、編集ご担当者とともに存分に味わわせていただきました。多謝。

加上鈴子（かがみ・りんこ）
三重県民ながら大学は愛知県。ＷＥＢの片隅に生息しているアマチュア作家。二十年前の体験もあり妖怪や怪談に惹かれ、ふるさと怪談トークライブｉｎ名古屋のスタッフ等を経て、お誘い頂き、執筆に至る。
＊執筆させて下さり、感謝の極みでございます。ご笑読ならぬ、ご恐読頂けましたなら幸いです。
「その人は」を読んで頂けた方に、後日談として添えさせて頂きます。Ｔ氏は元気です（笑）。

御於紗馬（みお・しょうま）
名古屋市在住。『てのひら怪談　庚寅』に「苦断」、『てのひら怪談　辛卯』に「くだん抄」、『みちのく怪談コンテスト傑作選　2011』に「近所のドラ猫が食い入るように見つめていた新聞の切れ端より抜粋」収録。
＊怪談を集めようと話を振る際に、神沼三平太先生がお持ちの「名古屋関係で初めて採取した話」を呼び水として（許可を得て）使わせて頂いています。ただ、今回は他県の話ばかり集まったのは秘密です。ぎゃふん。

愛知怪談

2025年5月 7 日　初版第一刷発行
2025年6月25日　初版第二刷発行

著……………………島田尚幸、赤井千晴、岩里藁人、内浦有美、加上鈴子、御於紗馬
カバーデザイン………………………………………………荻窪裕司（design clopper）
本文DTP ………………………………………………………………… GLG補完機構

発行所………………………………………………………………株式会社　竹書房
〒102-0075　東京都千代田区三番町8-1　三番町東急ビル6F
email: info@takeshobo.co.jp
https://www.takeshobo.co.jp
印刷・製本…………………………………………………………中央精版印刷株式会社